La Solterona

Jana Westwood

Capítulo 1

Malcolm Downton, dueño de Tilford Hall, en Lakeshire, era un hombre adusto y peculiar. Su pose era la de un aristócrata, pero lo cierto es que tan solo era un terrateniente con muy buen ojo para los negocios y poca vista para las relaciones personales. En especial en lo que se refería a los afectos.

La vanidad era una de las características más destacables que adornaban a Malcolm Downton. Siempre tuvo mucho éxito con las mujeres y era muy consciente de su atractivo físico. Había tenido dos esposas, aunque ya hacía más de doce años que era viudo.

La primera esposa de Mr. Downton, Jenie Elzer, era de condición superior a la de su marido. Fue una mujer dulce y tranquila que adoraba con devoción a su esposo, según solía relatar él a todo aquel que quiera escucharlo, haciendo especial hincapié en que jamás le vio un solo defecto.

Nadie en Lakeshire hubiera dicho que la hija de Walter Elzer se casaría con aquel petimetre cuya mayor cualidad era un notable físico, más aún teniendo candidatos mucho más relevantes, entre los que se incluía el hijo de un lord.

Aquel matrimonio fue muy sonado entre la sociedad de Lakeshire y todo el mundo estaba de acuerdo en que hacían una «bella» pareja. Fruto de esta unión nacieron dos hijos: Armond y Elizabeth, con cinco años de diferencia uno de la otra.

Lo que debió ser un motivo de alegría se convirtió en una triste fecha al morir Jenie en el parto de su segunda hija. La pequeña tuvo que crecer sin una figura materna y con el desafecto de su padre, que la hizo responsable de su pérdida.

Cuando Elizabeth cumplió los ocho años, su padre volvió a casarse. Jillian Thurgood era una guapísima y jovencísima mujer que, de manera tan sorprendente como ocurriera con su primera esposa, tuvo a bien enamorarse de Malcolm Downton. Jillian también tuvo un hijo al que llamaron Dexter.

Curiosamente, los años en los que Jillian vivió fueron los más felices en la vida de Elizabeth. La segunda mujer de su padre fue cariñosa y amable con ella y la trató siempre con respeto y afecto. Era demasiado joven para él y tenía una alegría innata que Elizabeth absorbió como si fuese un néctar vital del que no pudiese prescindir.

Jillian la enseñó a tocar el piano, a distinguir las flores del jardín, a conocer cada hoja de cada árbol… Pero lo más importante que le enseñó fue que podía hacer cualquier cosa que hiciese uno de sus hermanos. A menudo, su padre la regañaba por bajar sobre la barandilla de la escalera o por saltar los escalones de tres en tres o por hacer la voltereta desde los hombros de Armond.

El hijo mayor de Malcolm Downton se parecía a él, pero carecía de su atractivo físico. Era alto y desgarbado y su pelo había empezado a desaparecer a la temprana edad de veintitrés años, por lo que ahora, con treinta y cinco, podía verse la mayor parte de su cabeza pensante. Era abogado y estaba casado con Lucinda Drayton, una limitada y mezquina mujer que no perdía ocasión de hacer notar el buen estado de sus finanzas. Siempre con una sonrisa y tono amable, eso sí.

Elizabeth a menudo se preguntaba a dónde había ido el Armond de aquellos felices días de su infancia. Aunque sabía muy bien la respuesta. Cuando Jillian murió el mundo de alegría y fantasía que había creado en aquella casa se desplomó sobre sus cabezas.

Su padre se volvió un hombre amargado, envió a Armond a un internado y se olvidó por completo de Elizabeth y Dexter, dejándolos en manos de institutrices, profesores y criados.

Elizabeth se prometió no olvidar a Jillian, la única madre que conoció. Siguió tocando el piano, haciendo acrobacias, repasando las flores y las hojas de todos los árboles porque sentía que con eso la tenía más cerca.

La amargura de su padre encontró reposo en ella, no porque Elizabeth aliviara su pérdida, sino porque parecía obtener algún enfermizo placer de torturarla. Desde muy jovencita tuvo que escucharlo criticarla sin ningún pudor frente a amigos y familiares. Que si era demasiado alta, que si demasiado delgada, que si demasiado lista. «No se casará nunca», repetía a menudo.

Elizabeth se hizo fuerte gracias a ese entrenamiento, su padre nunca consiguió reducirla ni menoscabar su autoestima. Al contrario, cuanto más la criticaba más resistente la hacía. Pero, como si de un maleficio se tratase, Malcolm Downton tuvo razón y nunca llegó para ella una propuesta de matrimonio.

A veces Elizabeth se observaba frente al espejo, buscando qué podían ver aquellos jóvenes en ella que los hacía alejarse. Tenía los ojos de un color verde tan claro que, dependiendo de la luz, parecían de auténtico cristal. Su nariz era quizá demasiado pequeña, sus mejillas demasiado blancas y delicadas y los labios demasiado grandes. Sus cabellos no eran de un rubio brillante como los de su amiga Lesa Uhland, ni tampoco oscuros como los de Cordelia Roswell. Tenía una voz profunda y suave, pero no delicada, y era flexible en sus movimientos, pero no demasiado elegante. No había nada desagradable en ella, pero tampoco podía decirse que fuese hermosa.

Después de cumplir los veintisiete sin que ningún joven solicitase su mano empezó a perder el interés en que eso ocurriese. Se fijó entonces en las jóvenes de su edad que ya estaban casadas y se dio cuenta de que sus maridos cambiaron poco tiempo después de la boda. Ya no eran los caballeros amables y galantes que habían sido al conquistarlas. No cuidaban tanto su aspecto y, a los pocos años de haberse unido en matrimonio, la mayoría dejaba de preocuparse por sus esposas.

A los veintinueve años ya estaba resignada a aceptar que había tenido mucha suerte y se sintió libre y dueña de su vida. No tenía que rendir cuentas a nadie de lo que hacía a diario. A su padre no le importaba lo más mínimo, su hermano mayor vivía en el centro de Lakeshire y solo se veían un par de veces al mes, y Dexter estaba en la universidad.

A Dexter sí lo echaba de menos. Era divertido tener a alguien con quien pasear por el bosque y que no la cuestionaba por su manera de ser. Con su hermano pequeño podía jugar a cazar con la boca las moras que le lanzaba el otro sin sentirse juzgada ni estúpida. Era guapo como su padre y sensible como su madre. Tenía unos ojos brillantes y de mirada limpia y siempre sabía qué decir para hacer que todo el mundo se sintiera bien. Todo lo contrario que Armond.

—¿Vas a ir a la fiesta de los Middleton? —preguntó Malcolm a su hija.

Las fiestas de los Middleton solían resultar un poco más entretenidas que las del resto de familias de Lakeshire. Ellie Middleton era una mujer inteligente con una actitud poco corriente y una conversación de lo más interesante. Sus celebraciones eran de las pocas por las que Elizabeth alteraba su rutina de vez en cuando.

—Sí, padre —respondió cerrando el libro que estaba leyendo.

Estaban los dos sentados en sendos sillones, cada uno con su lectura, juntos pero distanciados.

—Pues deberías subir a arreglarte —siguió su padre sin levantar la vista de su libro.

Elizabeth miró el reloj que había sobre la repisa de la chimenea. No necesitaba mucho tiempo. Tenía el vestido de muselina sobre la cama, los zapatos lustrados y el cabello en su sitio.

—He oído que ha vuelto el hijo pequeño de lord Cook —dijo Malcolm—. Al parecer su tío Alfred murió de una neumonía.

Elizabeth miró a su padre sorprendida. Everald Cook, su mujer, Alma, y sus hijos Arthur, Thomas, Galen y Katherine vivían en Silvery House, una enorme mansión a unos cinco kilómetros hacia el este. El joven Galen era el mejor amigo de Dexter hasta que se marchó a Estados Unidos a vivir con su tío, dueño de una gran fortuna y sin descendencia.

Fue una noticia muy comentada en Lakeshire y a Elizabeth le parecía escalofriante que su padre defendiese la idea. ¿Cómo puede un padre desprenderse de uno de sus hijos?

Elizabeth recordaba a Alma como una mujer agradable y educada y a lord Cook como un hombre severo y frío. Después de que su hijo se marchara no volvieron a tener contacto con ellos. Sonrió al recordar al intrépido muchacho que solía ser siempre el primero en saltar al lago cuando los llevaba de picnic a él y a Dexter. Por aquel entonces ella era una joven soñadora con un enjambre de pájaros volando dentro de su cabeza.

—Dexter se alegrará de saberlo —dijo en voz alta.

Pero Malcolm ya había dejado de prestarle atención y había vuelto a su lectura.

Capítulo 2

Elizabeth llegó a la casa de los Middleton y después de saludar a sus anfitriones y a su hija menor, Belinda, entró en el salón de baile. Caminó distraída entre los invitados, saludando a unos y otros con un ligero gesto de cabeza pero sin facilitar ningún acercamiento. Debía ser honesta y aceptar que había ido poco inclinada a divertirse.

—Señorita Downton. —Rolando Elphick se había acercado sigiloso y la cazó por sorpresa—, me sorprende verla aquí.

—Pues debo decir en mi descargo, señor Elphick, que he sido invitada —respondió con ironía.

—Por supuesto, por supuesto —aclaró Rolando Elphick—, pero la última vez que la vi en un baile no parecía usted muy entusiasmada con esta clase de eventos.

Rolando Elphick era un hombre de unos cincuenta años, amante de la buena vida, en especial del buen vino. Tenía una prominente barriga que daba fe de ello y una copa en la mano que parecía más un apéndice de su anatomía que un objeto. Su barba se arremolinaba a ambos lados de su cara yendo a converger en su huidiza barbilla y sobre sus finos labios. Rolando Elphick también estaba soltero y a Elizabeth le incomodaba enormemente estar cerca de él cuando no había nadie más presente. La sola idea de que, en su desesperación, se le ocurriese pedirle en matrimonio había provocado que tuviese preparada una larga lista de negativas de lo más variopintas.

—Espero que su padre se encuentre bien de salud —dijo el hombre después de beber un sorbo de su copa—. ¿Desea que le traiga algo?

—No, gracias —respondió Elizabeth—. Veo allí a mi hermano Armond que me hace gestos para que me acerque, discúlpeme.

Atravesó el salón de baile y llegó hasta su hermano, que ni se había percatado de su llegada.

—Hola, Elizabeth —dijo al verla—, me alegra que aún te apetezca asistir a esta clase de actos. Precisamente lo hemos hablado en casa Lucinda y yo antes de venir. Ella decía que se deberían poner condiciones para asistir a esta clase de fiestas.

Su hermana ignoró el comentario y su carga emocional. De ningún modo iba a preguntar cuáles creía Lucinda que deberían ser esas condiciones, aunque sospechaba que una de ellas excluía su presencia.

—Pues ya ves… —dijo sin apartar la mirada de los que bailaban.

—No estoy seguro de que ese vestido sea adecuado para alguien de tu… —Armond no acabó la frase y miró a su alrededor como si buscase a alguien—. Seguro que Lucinda sabrá decirnos si es pertinente.

—Estoy segura de ello —dijo con la mirada fija en el atractivo y elegante joven que bailaba con Hortense Stout.

Tenía un porte confiado y seguro que contrastaba la delicadeza con que dirigía a su pareja de baile. A pesar de sus desarrollados músculos, más propios de un leñador que de un bailarín, y de que era muy alto, se movía con enorme elasticidad y finura.

—Es muy apuesto, ¿verdad?

Elizabeth se giró y vio a Belinda Middleton, que observaba embobada al joven bailarín. Belinda era una joven bonita y simpática con la que Elizabeth no había tenido mucho trato.

—Es Galen Cook —siguió diciendo la joven—, acaba de regresar a Lakeshire. Los Cook son sus vecinos, señorita Downton.

Esto último lo dijo mirándola sorprendida, como si acabase de descubrir un secreto asombroso.

Elizabeth se volvió hacia la pista. No era de extrañar que no lo hubiese reconocido, la última vez que lo vio era un muchacho tímido e inteligente de poco más de metro y medio.

—Debe usted visitarles a menudo —dijo Belinda expresando cierta envidia en su expresión.

Elizabeth no pudo evitar que se le escapase una ligera sonrisa.

—Siento decirle que se equivoca —respondió mirándola—, lo cierto es que desde que Galen se marchó apenas hemos coincidido en algún evento.

—¿No cree que es el joven más guapo de Lakeshire? —preguntó la joven mirándolo embobada.

—Creo que, probablemente, del condado — respondió Elizabeth sonriéndole con simpatía.

El rostro de Belinda se iluminó y parecía que iba a decir algo, pero se contuvo al cruzarse con la mirada de Armond Downton y volvió a colocarse mirando hacia la zona de baile.

—Su hermano nos mira con severidad, señorita Downton —susurró.

Elizabeth siguió mirando a los bailarines, ignorándolo.

—Me temo que esa es su mirada habitual, señorita Middleton.

La pieza de baile terminó y los que deseaban continuar bailando se prepararon para ello. Galen Cook se despidió cortésmente de su pareja y se acercó a ellas.

—Señorita Downton —dijo cogiéndole la mano y llevándosela a los labios—. Qué grata sorpresa verla aquí.

—Galen Cook... —Elizabeth lo saludó comprobando que aún era más guapo y apuesto en las distancias cortas—. Han pasado muchos años...

—Para usted se paró el tiempo —dijo galante.

16

—Siento mucho la muerte de su tío —dijo apesadumbrada.

Galen Cook asintió agradecido y Elizabeth miró a Belinda temerosa de que fuese a desmayarse en cualquier momento si no la introducía en la conversación.

—¿Conoce a la señorita Middleton? —preguntó poniéndole una mano en la espalda a la joven con mucha suavidad—. Señorita Middleton, le presento a Galen Cook.

—Encantada —dijo haciendo una ligera reverencia.

—Mucho gusto, señorita Middleton. —Galen la saludó cortésmente y se volvió de nuevo hacia Elizabeth—. ¿Cuándo llega su hermano de la universidad?

—En cualquier momento —dijo Elizabeth con una sonrisa. A su mente vinieron un montón de recuerdos de cuando los dos niños jugaban en el jardín de Tilford Hall—. Se alegrará mucho de verlo.

—Y yo de verlo a él —dijo Galen.

A Elizabeth le pareció escuchar un suspiro que venía de su lado, justo del lugar en el que Belinda languidecía bajo el influjo de la presencia masculina.

—¿Por qué no van a bailar? —preguntó Elizabeth—. Justo acaba esta pieza.

Galen la miró de un modo peculiar, con cierta ironía en su expresión. Se volvió hacia Belinda y le

17

ofreció su mano, la joven se apresuró a aceptarla y lo siguió a la pista ante la divertida mirada de Elizabeth.

—Hacen buena pareja —dijo Armond dispuesto a entablar conversación.

—Sí, es cierto —dijo su hermana, y sin darle pie a seguir con la charla se alejó de él para buscar la soledad en el frescor de la noche.

Elizabeth caminó hasta el estanque. La luna brillaba radiante en el firmamento y lanzaba destellos dorados sobre el agua. Hacía una noche preciosa y ya solo por eso se sintió feliz de haber ido a la fiesta.

Escuchó ruidos entre los setos a su derecha y luego unas risas contenidas. No se movió tratando de no llamar la atención de quienquiera que fuese, pero fue inevitable.

—¡Elizabeth! —exclamó Lesa Uhland al verla—. ¿Qué haces aquí?

Detrás de ella estaba Virgil Alston, el prometido de Cordelia Roswell.

—Buenas noches —dijo muy seria—, he salido a tomar el fresco.

—A la señora Uhland se le había perdido un brazalete y me he ofrecido a ayudarla a buscarlo —explicó Alston nervioso.

—Sí, ha sido muy amable —respondió Lesa.

—¿Y lo han encontrado? —Elizabeth trataba de mostrarse relajada, en cambio ellos no sabían dónde meterse—. El brazalete, digo.

—¡Oh! —Lesa se miró la muñeca para comprobar que llevaba uno y después se la mostró—. Sí, aquí está.

—Creo que ya no soy necesario aquí, así que vuelvo a la fiesta —dijo Alston—. Señora Uhland, señorita Downton.

El hombre se alejó a toda prisa y Lesa se acercó colocándose junto a Elizabeth frente al estanque.

—Hace una noche preciosa —dijo.

Lesa y Elizabeth habían sido buenas amigas, pero después de casarse con Phillip Uhland, Lesa la fue apartando poco a poco de su vida por considerar que no encajaba. Aquello le dolió a Elizabeth profundamente y fue la primera vez, después de la muerte de Jillian, en la que se sintió verdaderamente sola.

Aun así, todavía seguía mirando a Lesa con afecto y no le guardaba ningún rencor. Elizabeth creía que los afectos no pueden forzarse ni llevarse por un camino por el que no quieren transitar. No tiene sentido guardar rencor a alguien que ha decidido no quererte.

—Espero que no hayas malinterpretado... —Lesa la miraba angustiada—. El señor Alston ha sido muy generoso...

—Por supuesto —la cortó Elizabeth, que no quería escuchar nada más sobre el tema.

—Hacía mucho tiempo que no hablábamos —dijo Lesa visiblemente incómoda—. No entiendo por qué nos hemos distanciado estos años.

—Nuestras vidas han cambiado mucho —dijo Elizabeth mirándola—. Tú estás casada y tienes dos niñas preciosas, mientras que yo ya soy oficialmente una solterona.

—No digas eso —la regañó—. Todavía puedes encontrar marido. Algún viudo…

Elizabeth casi se echó a reír a carcajadas, ¿aquello pretendía ser un consuelo? Se contuvo y volvió a mirar hacia el estanque.

—Voy a volver dentro, Phillip se preguntará dónde estoy. Me he alegrado de hablar contigo. Podrías venir un día a casa, ya te avisaré.

Lesa se alejó sin esperar respuesta. Elizabeth se preguntó qué habría pasado si le hubiese dicho que sí, que iría a su casa mañana mismo. Volvieron a atacarle las ganas de reír, pero esta vez no se contuvo.

—¿Qué es lo que te hace tanta gracia? —Armond estaba a su lado.

Elizabeth lo miró deteniendo un instante su risa, pero enseguida volvió a romper a carcajadas. El hombre la miraba con semblante muy serio sin comprender cuál podía ser el motivo de tanta hilaridad.

—No es nada —dijo su hermana cuando pudo hablar—, a veces uno necesita reírse.

—No es propio de una mujer de tu edad, hermana —la regañó—. Imagínate que en lugar de ser yo hubiese sido cualquier otro el que te encontrase en este lamentable estado.

Elizabeth suspiró tratando de recuperar la serenidad, pero el brillo seguía en sus ojos y la risa bailaba en la comisura de sus labios.

—Te estaba buscando —dijo Armond sin borrar aquella severa expresión de su rostro—. Lesa Uhland me ha dicho que podría encontrarte aquí y debo advertirte que era evidente que no aprobaba para nada que estuvieses aquí sola.

Su hermana apretó los labios para no romper a reír de nuevo y respiró hondo recuperando el control que necesitaba. Pensó en una aburrida tarde en casa de las hermanas Winterman, dos solteronas a las que visitaba de vez en cuando y cuyo único entretenimiento era hablar de sus vecinos.

—¿Para qué querías verme? —preguntó ya tranquila.

—Hermanita, hermanita —dijo Armond con voz condescendiente—. Menos mal que me tienes a mí para intentar corregir los errores del destino.

Elizabeth lo miró desconcertada, esperando que aclarase aquella extraña e inquietante frase.

—La última vez que visité a papá estuvimos hablando de ti. Está convencido de que no hay forma humana de encontrarte un marido —dijo Armond sin dejar aquella desagradable sonrisa—. Me pidió que me ocupase de ti cuando él no estuviese. Yo, como hermano mayor, le dije que mientras yo viviera no te faltaría nada, por supuesto. Cuando yo sea el señor de Tilford Hall, vivirás con nosotros.

Elizabeth sintió que toda la hilaridad desaparecía de su cuerpo dejándola completamente fría.

—Hablé de ello con Lucinda y estuvo del todo de acuerdo conmigo —siguió hablando su hermano—. Aunque me hizo ver que quizá no eras un caso perdido. Según ella, todavía quedan hombres que podrían desearte como esposa, a pesar de que ya no eres ninguna niña y de que tu carácter no es todo lo dulce y adecuado que sería conveniente.

Elizabeth se mordió el labio y juntó las manos porque necesitaba agarrarse a algo.

—¿Te acuerdas de Wardley Err? —preguntó su hermano y esperó respuesta.

La palidez en el rostro de Elizabeth se acentúo aún más.

—¿Wardley Err? —preguntó casi sin voz—. ¿El Wardley Err de Provan?

—Sí, ya sé que es un poco mayor, pero es dueño de una fábrica de algodón y le va bien.

—¿Mayor? ¡Podría ser mi abuelo! —exclamó sin dar crédito a lo que oía.

—¿Y qué importa la edad? Wardley puede darte estabilidad económica y una buena imagen de sociedad. ¿No ves que ya casi nadie te invita a sus fiestas? Nadie quiere a una solterona cerca... Perdona que sea tan duro, hermanita, pero es que creo que no ves la situación en la que te encuentras.

Elizabeth sentía que le faltaba el aire.

—Tengo una asignación...

—¡Pero eso no es suficiente para vivir y mantenerte por ti misma! —le gritó—. ¡Serás una carga cuando padre muera!

—Has dicho...

—Sí, ya sé lo que he dicho y no voy a dejarte tirada en la calle. Pero debes comprender que nosotros tenemos a nuestros hijos y debemos procurarles todo lo que necesiten. Cargar con una hermana solterona...

Elizabeth respiró hondo al darse cuenta de que llevaba un rato sin coger aire. Miró a su hermano preguntándose cuándo se había convertido en aquel extraño que tenía delante y, sin decir nada, se cogió el vestido y caminó hacia la casa.

Armond la vio alejarse sin dar crédito. ¿Cómo se atrevía a dejarlo con la palabra en la boca? Después de lo mucho que él se preocupaba por ella...

Capítulo 3

A Elizabeth le gustaba dar largos paseos antes de que el sol y la temperatura de aquellos primeros días del verano lo hiciesen menos agradable. Le gustaba el ejercicio, salía temprano y caminaba con energía durante un par de horas.

Atravesó la extensa pradera y bordeó el sendero disfrutando del paisaje. Le gustaba ese camino y la soledad que la acompañaba, que permitía a sus pensamientos vagar ligeros y sin interrupciones por intrincados vericuetos.

Ni siquiera se dio cuenta de que estaba dentro de las tierras de lord Cook hasta que se encontró cara a cara con Galen.

—Señorita Downton —dijo saludándola con una sonrisa—, qué casualidad.

—Señor Cook —dijo mirando a su alrededor como si despertara de una ensoñación—. No pensaba que había llegado tan lejos.

—Pues caminaba como si pretendiese llegar a algún sitio. De hecho parecía a punto de echar a correr en cualquier momento.

Elizabeth sonrió un poco avergonzada. Su padre no aprobaba esa manera de caminar suya.

25

—Me gusta hacer ejercicio por las mañanas. Me mantiene en forma.

Galen entrecerró los ojos mirándola con una expresión curiosa.

—Es un buen momento para regresar —dijo Elizabeth haciendo un gesto de saludo.

—Espere. —Galen se colocó junto ella en dos zancadas—. ¿Le importa si la acompaño? Iba hacia Landford a visitar a mis tías.

Elizabeth asintió recordando que las señoritas Winterman eran hermanas de la madre de Galen.

—Debe sentirse un poco extraño después de tantos años viviendo en otro país —dijo.

—Mucho —reconoció él—. No pensé que me resultaría tan difícil amoldarme de nuevo a este... lugar.

Dijo «lugar» de un modo que a Elizabeth le sonó un poco despectivo, pero ignoró el comentario y continuó con la charla.

—¿Ha venido para quedarse? Imagino que teniendo aquí a su familia...

—Creo que sí, aunque reconozco que me siento como un extraño. Pero, cuénteme, ¿cómo está su hermano?

—Muy bien. —Elizabeth sonrió y su rostro se iluminó al pensar en él—. Estoy deseando que llegue. Lo echo muchísimo de menos.

Galen sonrió al comprobar que seguían estando tan unidos como él recordaba.

—Sus hermanos y su hermana se habrán alegrado mucho de verlo —dijo Elizabeth.

—Pues lo cierto es que mi familia no es muy dada a las efusiones afectivas, así que no estoy seguro de ello.

Elizabeth lo miró sorprendida y él sonrió abiertamente.

—Recuerdo lo cariñosa que usted era con Dexter —dijo mirándola a los ojos—. Le confieso que al principio me hacía sentir mal.

—Lo siento...

La sonrisa de Galen era tan sincera que sus ojos brillaban de un modo especial. Elizabeth se vio contagiada y sonrió también.

—Supongo que habrá dejado a muchos amigos en Nueva York —dijo tratando de encontrar un tema en el que pudiese sentirse cómoda.

Galen asintió con la cabeza.

—Me resulta aún más formidable al verla desde la distancia —dijo Galen refiriéndose a la ciudad—. Es la realización práctica de una idea grandiosa. Allí el hombre ha logrado increíbles cosas y no dejará de luchar hasta escalar las más altas cimas.

—La admira usted de un modo evidente —dijo con cierta envidia por su pasión.

—Me enorgullece enormemente haber formado parte de un grupo humano tan relevante. Al menos durante unos pocos años.

—¿Tan elevados los considera usted?

—Preferiría ser allí un hombre humilde, que uno próspero en esta ciudad. Detesto la mentalidad lenta y despreocupada que impide que una sociedad consiga desplegar todo su potencial.

Elizabeth lo miró con cierto malestar. Respetaba que sintiese un profundo afecto por Nueva York, pero no que juzgase tan severamente a la tierra que lo vio nacer.

—Me temo que ha olvidado lo que significa su origen. Aquí se han hecho inventos prodigiosos y tenemos una Historia…

—El viejo continente y su defensa de los siglos vividos —la cortó Galen sonriendo—, ese es el único argumento que esgrimimos cuando nos sentimos atacados. Es como el anciano que frente al joven vigoroso y apasionado trata de cortarle las alas hablándole de sus años de experiencia.

—Pero es que la experiencia es importante… —dijo Elizabeth desconcertada.

—¿Importante para qué? ¿Cree usted que su experiencia en este pueblo supera mis vivencias en una gran ciudad? Siento decirle que hay cosas que no se alimentan de años —dijo él con suavidad.

Elizabeth no era conocida por su contención, precisamente, y se detuvo mirándolo con expresión reprobadora.

—No pretendía molestarla.

—Me ha llamado pueblerina y vieja, no sé cómo debería tomarme eso.

Galen sonrió y su pícara expresión hizo que Elizabeth abriera la boca sorprendida.

—Me parece que sus amigos neoyorquinos no le han enseñado muy buenos modales, señor Cook. Siento que de aquel agradable y considerado muchacho no quede más que el recuerdo.

—Habla usted como una vieja —la cortó, acercándose más—. Y debo decirle que no le pega nada. No he olvidado cómo era usted entonces. Estoy seguro de que ninguno de sus amigos actuales la ha visto nunca encaramarse a un árbol o hacer un salto mortal.

—Señor Cook... —Miró a su alrededor temerosa de que hubiese alguien cerca.

—¿Lo ve? Teme que sepan la clase de persona que es porque no pertenece a su grupo.

—Dice tonterías.

—No son tonterías, señorita Downton. Llevo pocos días aquí y ya empiezo a asfixiarme —dijo acelerando el paso y poniéndose delante de ella. Caminó de espaldas para poder mirarla de frente—. Mi tío era una gran persona, ¿sabe? Y le aseguro que no tenía ninguna de las características indispensables para ser un buen inglés. Mi padre en cambio...

Elizabeth entrecerró los ojos para escudriñarle. No había amargura en su voz, más bien parecía triste.

Galen volvió a colocarse a su lado.

—Hábleme de su tío —le pidió Elizabeth.

—Me enseñó que los hombres deben valorarse por lo que hacen, no por de dónde vienen o lo que dicen. Su mayordomo se llama Humphrey y tiene una casita en nuestros terrenos. Vive con su mujer, Dorothy, y tiene dos hijos, Jeremy y Dalton. Muchas noches encontraba a mi tío y a Humphrey sentados frente a la chimenea fumándose una pipa y charlando sobre cualquier cosa. Nunca había visto llorar a un hombre hecho y derecho como Humphrey, hasta el día en que mi tío murió. Jeremy y Dalton quisieron cavar su tumba y Dorothy tejió un manto de flores que depositó sobre su ataúd. Mi tío fue un hombre muy querido.

A Elizabeth la conmovió aquella amistad, pero no era algo tan extraño que se creara un vínculo semejante entre un señor y su sirviente.

—Humphrey es negro —dijo Galen como si pudiera escuchar sus pensamientos.

Ahora sí que se mostró sorprendida y el joven Cook sonrió satisfecho.

—Durante la guerra de secesión mi padre lo protegió de cualquier ataque y Humphrey le juró lealtad eterna.

—Dios mío —susurró Elizabeth—. Los reclutamientos forzosos…

Galen asintió con la cabeza.

—Por aquel entonces yo era un niño y no sabía nada de estas cosas, pero mi tío me lo contó con todo detalle. Quería que mirase a Humphrey con respeto y que entendiese por qué estaban tan unidos.

—Lo único que sé es que el presidente Abraham Lincoln instauró el reclutamiento forzoso de los hombres de entre veinte y cuarenta años para luchar contra los estados del sur que se habían emancipado —dijo la mujer buscando en su memoria.

Lo miraba esperando su aprobación y Galen sonrió al tiempo que asentía.

—Estuvo atenta durante la lección ese día —dijo con sarcasmo.

—Por aquel entonces era muy jovencita y el mundo me parecía un lugar tremendamente interesante —recordó pensativa—. Me gustaba leer el periódico de mi padre a escondidas. Jamás me lo habría permitido, de haberlo sabido.

—Yo era un crío y no me interesaban esos temas lo más mínimo. Algo oí en casa porque mi padre temía por la vida de su hermano. Fue mi tío el que me contó toda la historia, y le aseguro que no tiene nada de épica, más bien es aterradora.

—Cuéntemelo —pidió Elizabeth—. Por favor.

Al ver que insistía y viendo su expresión anhelante, Galen aceptó.

—A los neoyorquinos no les gustó que Lincoln quisiera imponer el reclutamiento. Al principio apoyaban la causa, pero constantes derrotas desinflaron los ánimos. La gente no quiere morir. Los obreros, que habían llegado desde Europa buscando tener una vida mejor, se veían de repente empujados a una guerra con la que cada vez se sentían más distanciados. Mi tío era bastante comprensivo con ellos, a pesar de lo que hicieron. Pusieron una diana en los neoyorquinos de color porque los hacían responsables de todo. La guerra era por ellos, así que era culpa suya. Los atacaban en cualquier lugar o situación, a ellos y a todo el que los ayudase o diese cobijo. Por suerte las tierras de mi tío están a las afueras y eso lo protegió en gran medida. Pero un grupo de hombres armados y violentos irrumpió en su casa dispuesto a incendiarla si no echaba a la calle a los trabajadores negros que tuviese.

Elizabeth escuchaba con atención. Habían ralentizado el paso sin darse cuenta, emocionados por los sucesos que Galen estaba narrando de manera apasionada.

—Mi tío se enfrentó a ellos. A muchos los conocía, les había dado trabajo y los había ayudado en muchas ocasiones. Les dijo que todos los que vivían bajo su techo estaban bajo su protección y que no se llevarían a nadie de allí. Les recordó de dónde venían y por qué habían atravesado el mar para conseguirlo. Ellos le dijeron que era muy fácil desde su posición, él no tenía que ir a la guerra y tampoco tenía que enviar a sus hijos, porque no los tenía. Mi tío les dijo que los entendía y que nadie quiere ir a la guerra, pero no eran esos hombres y mujeres de color los que la habían provocado. Les habló como lo habría hecho con sus hijos, de haberlos tenido, como me hablaba a mí. Les hizo ver que allí no tenían nada que hacer y finalmente se marcharon. Humphrey estuvo presente todo el tiempo y nunca olvidó aquel día. Por aquel entonces aún no habían nacido sus hijos, pero siempre decía que le deben la vida a ese hombre que se enfrentó a una caterva violenta e irracional para protegerlos.

—Está claro que su tío fue un gran hombre —dijo Elizabeth sinceramente conmovida con su relato.

—A su funeral acudió todo el mundo. Allí se vieron gentes de todas las categorías, de todas las clases sociales. Negros, blancos, irlandeses, italianos y tod... —Galen enmudeció de repente—. Discúlpeme, no sé qué me ha pasado, no paro de hablar como un...

—No se disculpe —lo interrumpió ella sonriendo—. Ha conseguido que le perdone por llamarme pueblerina y vieja. Pero debo confesarle que su relato no mejora la imagen que yo tenía de los americanos.

—¿Y cuál es esa imagen?

—Que son chabacanos y ordinarios. Que se comportan como meros comerciantes, que todo tiene un precio para ellos. Que su única motivación en la vida es medrar y conseguir más y más...

—Veo que sus prejuicios y una concienzuda certeza de lo propio han trabajado en su contra, señorita Downton. Los americanos no son comerciantes, son hacedores de sueños. Son capaces de poner en práctica aquello en lo que creen sin tener en cuenta su cuna o los logros de sus ancestros. Allí se valoran el esfuerzo y la lucha, no creo que eso sea algo de lo que avergonzarse.

Elizabeth lo contemplaba admirada por su vehemencia, pero también sorprendida al ver tanta pasión en alguien tan joven.

—Espero no haberlo molestado con mis estúpidos prejuicios —se disculpó—. Después de escuchar su relato...

—Usted nunca podría molestarme, señorita Downton —dijo con una sonrisa—. No olvide que la he visto colgarse de los árboles como un auténtico mono y lanzar piedras como si fuesen bolas de cañón.

Elizabeth trató de contener la risa.

—Pero siga hablando. Cuénteme cosas sobre el Nueva York de hoy en día —pidió cuando recuperó la compostura.

—Es una ciudad extraña y en constante crecimiento. Da la impresión de no tener límites y que hallará el modo de expandirse sin que nada ni nadie pueda frenarla. Hay un incesante bullicio y la gente está siempre lista para salir, dispuesta a hacer algo... ¿De qué se ríe?

—No puede negarse que ama usted esa ciudad de manera apasionada.

—¿Puede amarse de otro modo?

Aquella respuesta la dejó fuera de juego durante unos segundos.

—Le toca —dijo Galen—. Hábleme de Lakeshire. De usted.

Ella lo miró con expresión de incredulidad. ¿Qué quería que le contase? Se encogió de hombros y procedió a dar un somero repaso.

—Dexter está en la universidad, Armond se casó con Lucinda Drayton y mi padre sigue con sus ocupaciones cotidianas. Las señoritas Winterman, sus tías, se encargan de organizar el rastrillo anual para ayudar a los más necesitados y yo las ayudo en lo que puedo. Los Cavendish visitaron a la reina… Tranquilo, no se apure, en la primera reunión a la que asista en la que estén presentes, se encargarán de contárselo con todo detalle.

—Aún no me ha contado nada de usted —la cortó.

—¿De mí?

—Sí. ¿Qué ha sido de su vida todos estos años?

Elizabeth se mostró sinceramente sorprendida por el interés. No creía que su monótona e insulsa vida pudiese interesarle a nadie. Pensó durante unos segundos y aceleró el paso tomándole la delantera mientras declamaba:

—Como un sereno y caudaloso río deslizándose indolente por su suave lecho arenoso, así soy yo, lucero tibio que encumbra la mañana y mustia amapola que, bajo la brillante y pálida luna, languidece.

Galen la miró estupefacto hasta que la contenida risa de la joven hizo que recordara el juego infantil.

—Los adjetivos asesinos del texto —dijo riendo también—. Debo decir que ha perfeccionado usted la técnica.

Durante unos segundos caminaron pendientes del paisaje y sin decir nada. Los dos habían regresado a aquellos felices días de juventud e infancia.

—Eché mucho de menos nuestros juegos —dijo Galen pensativo—. Al principio eché de menos cada hoja de cada árbol.

—Nosotros también —dijo Elizabeth con una sinceridad que su padre y su hermano mayor no aprobarían—. Dexter y yo recordábamos muchas veces aquellos días felices. Lo debe haber encontrado todo muy cambiado.

—Sí. Por ejemplo a usted. Creí que la encontraría casada con un lord o un diplomático y que ya tendría varios... —Enmudeció al darse cuenta de que se había pasado de la raya—. Discúlpeme, de verdad que no sé lo que me pasa.

—No se preocupe. Aunque no lo crea, no me he vuelto una amargada.

Galen la miró apesadumbrado.

—No quería molestarla, señorita Downton, pero como verá carezco de tacto a la hora de evitar temas… «delicados». Me temo que me he convertido en un auténtico americano.

—Me alegro, porque es muy agotador estar huyendo siempre de esos temas… «delicados». Cada uno debe aceptar su papel en la vida. Y yo acepto el mío. Me voy a unir al selecto club de solteronas de Lakeshire, y llevaré con orgullo mi nombramiento en cuanto se produzca. —Sonrió con sinceridad.

Galen la miró y se sintió arrollado por aquella transparencia en su mirada.

—No deje que la conviertan en nada que usted no desee ser —dijo sin pensar—. Usted no es como ellos, no deje que la convenzan de lo contrario.

Elizabeth apartó la mirada sintiendo que aquel joven sería capaz de ver en ella lo que nadie más había visto jamás, si lo dejaba mirar el tiempo suficiente.

—Será mejor que se apresure o llegará a casa de sus tías a la hora de comer —dijo caminando hacia la puerta de su casa sin esperar su respuesta.

Capítulo 4

—¡Dexter! —Elizabeth corrió a abrazar a su hermano, que la levantó en volandas girando con ella por toda la habitación ante la reprobadora mirada de su padre—. ¡Qué alegría! ¿Cuánto hace que has llegado?

—Ahora mismo, hermanita. —El joven la dejó en el suelo y recibió sus besos y abrazos con gusto—. Parece que te alegras de verme.

—¡Oh, Dexter, no imaginas cuánto! —Hubiera ido a buscarte, pero papá me dijo que estabas a punto de regresar. —¿A que no imaginas a quién me he encontrado? ¡A Galen Cook!

—¿Galen está en Lakeshire? —Los ojos del joven se iluminaron mostrando el entusiasmo que le provocaba la noticia.

—Sí, ha regresado de Nueva York y es posible que se quede —dijo Elizabeth frunciendo el ceño—, aunque lo cierto es que no lo tiene claro.

—Saldré a ver si lo pillo...

—No, espera, iba a visitar a sus tías. Será mejor que vayas a verlo esta tarde. Ahora me toca a mí disfrutar de tu compañía. Ven, vamos a la salita y me

39

cuentas, que aquí molestamos a papá —dijo Elizabeth mirando por el rabillo del ojo a su padre, que no disimulaba su expresión de disgusto.

—Entonces salgamos, me apetece pasear —dijo Dexter sacándola de la casa a la carrera.

Cogidos del brazo, caminaban por el campo de amapolas cercano con un sentimiento fraternal de pertenencia.

—La señorita Roswell y Virgil Alston se han prometido —le explicó Elizabeth después de que Dexter le pidiera que lo pusiese al día de los acontecimientos de Lakeshire—. Los Hassall han tenido gemelos y Carrol Lynham será el nuevo juez del condado. A Gilmer Darrington se le prendió fuego en el granero y, si no hubiese sido por la rápida ayuda de sus vecinos, no sé qué habría pasado.

—¿Y cómo ha estado nuestro padre? ¿Sigue tan cascarrabias como siempre?

—Ya sabes cómo es —dijo ella sin querer profundizar en el tema—. ¿Echabas de menos el campo, querido hermanito?

—No sabes cuánto —respondió él respirando hondo para corroborarlo—. La universidad es emocionante y lo cierto es que tengo tanto trabajo que apenas puedo ni echaros de menos a vosotros, pero cuando vuelvo a casa siempre me invade esta sensación de paz y sosiego que tanto necesito.

—Yo, en cambio, te echo muchísimo de menos —dijo su hermana sonriendo—. Cualquier día me pondré a charlar con la señora Bracey.

—¿La cocinera de papá? —Dexter se echó a reír a carcajadas—. ¡Cuidado, hermanita, Bracey está chapada a la antigua y podría sufrir un colapso!

Elizabeth se rio también, aunque no lo hacía de la pobre señora Bracey, a la que apreciaba sinceramente. Su risa era de alegría, una alegría que solo sentía cuando estaba junto a Dexter, al que adoraba. Cuando acabaron las risas apoyó la mejilla en su hombro y suspiró.

—No sabes cuánto necesitaba esto, Dexter. No puedo ni imaginarme cómo será todo cuando regreses para quedarte —dijo apartándose y mirándolo—. Aunque papá ya se encargó de desilusionarme advirtiéndome que en cuanto estés de regreso buscarás esposa y te casarás, como Armond.

—Yo jamás seré como Armond en nada —dijo mirándola con cariño—. ¿Y no hay nada nuevo sobre mi hermanita? ¿Ningún candidato a robarte el corazón en mi ausencia?

Su hermana negó con la cabeza y se encogió de hombros con expresión pícara.

—Soy demasiado inteligente y demasiado guapa —dijo aguantándose la risa—. Solo me faltan diez centímetros para ser perfecta.

—Los hombres de Lakeshire están ciegos —dijo el joven con sinceridad—. Eres la mujer más maravillosa que conozco.

—¡Pero cómo no te voy a querer! —dijo Elizabeth abrazándolo.

Los días parecían más luminosos con la presencia de Dexter en Tilford Hall. Elizabeth se levantaba por las mañanas ilusionada. Salían a pasear juntos, comentaban sus últimas lecturas en la biblioteca y sorteaban las impertinencias de su padre apoyándose mutuamente.

Galen volvió a visitarlos con asiduidad y pronto los hermanos lo incluyeron en todos sus planes como si fuese uno más

—Yo no voy. —Elizabeth los miraba a ambos cruzada de brazos.

—Va, Lizzy, no seas tonta —insistió Dexter—. Tienes que quitarte ese estúpido miedo a montar a caballo. Galen, convéncela tú.

—Señorita Downton…

—Deja de llamarla así —lo cortó su amigo—, llámala Lizzy.

Galen sonrió agradecido y Elizabeth asintió para que supiese que estaba de acuerdo.

—Cuando estemos solos puede llamarme Lizzy —corroboró.

—¿Por qué le da miedo montar? —preguntó Galen acercándose a ella.

—No lo sé. Los caballos me imponen mucho respeto. Son demasiado grandes.

—Quizá primero debería familiarizarse con ellos —dijo el joven muy sabiamente.

—Galen tiene un montón de caballos en su casa —dijo Dexter—. A partir de hoy irás todos los días a visitarlos. ¿Qué te parece, Galen?

—Estaré encantado de presentárselos a todos —dijo su amigo sonriendo—. Estoy seguro de que cuando los conozca les perderá el miedo.

—¿Entonces no te animas a venir a montar con nosotros? —lo intentó Dexter una vez más.

—No, id vosotros. Pero prometo haceros caso y luchar contra mis miedos... otro día.

Los dos jóvenes se despidieron de ella y salieron de la casa a la carrera. Elizabeth los vio marcharse con cierto sentimiento de envidia, pero la animó el pensar que tenía un propósito y que quizá algún día podría superar sus miedos.

Era la primera mañana que tenía para ella sola desde que Dexter volvió de la universidad y decidió que iría al pueblo para comprar algunas cosas que necesitaban y, de paso, visitaría la librería del señor Hewson.

Elizabeth entró en la tienda de pañería y mercería del señor y la señora Proudley y se encontró allí con Belinda Middleton y las señoritas Clifford.

—Señorita Downton —la saludó Belinda—, qué gusto verla. ¿Cómo está?

—Muy bien, gracias. ¿Y usted?

—Perfectamente. He venido con Fifí y Venetia a comprar unos guantes.

Las hijas de Winston Clifford la miraban con una retorcida sonrisa y una mal disimulada expresión de superioridad.

—Buenos días, señorita Downton —dijeron las dos casi al unísono.

—Buenos días, Venetia, Fifí.

—¿Irán, usted y su hermano, a la cena que dan los Roswell el sábado por la noche con motivo del compromiso de su hija?

Elizabeth asintió con una sonrisa indiferente que buscaba ocultar el disgusto que le proporcionaba aquella aceptación. Había tenido que claudicar por la insistencia de Dexter y de Galen, pero lo cierto es que aquella cena no le apetecía en absoluto.

—Hemos visto a Cordelia cuando veníamos hacia aquí y tiene una mirada digna de la mano de un pintor —dijo Fifí poniendo cara de éxtasis—. ¡Es tan romántico!

—Es la única hija de los Roswell que aún no se ha casado —dijo Venetia con expresión inocente—. Supongo que debe dar un poco de vértigo ser la última, aunque en su caso no había que preocuparse, tiene nuestra misma edad.

Elizabeth se esforzó en no mostrar emoción alguna y Belinda se apresuró a intervenir ante la incómoda situación.

—¿Sabe si acudirá también el señor Cook?

Elizabeth le sonrió con ternura consciente del interés que Galen despertaba en ella y asintió.

—Eso tengo entendido.

—Imagino que lo sabrá de buena tinta —dijo Fifí—, después de todo se pasa el día en su casa.

A Elizabeth le resultaba cada vez más difícil mostrar indiferencia frente a aquellas jóvenes.

—Dexter y Galen fueron amigos de niños y sienten un gran aprecio el uno por el otro —dijo.

—Claro, y usted es una especie de maestra, ¿no? —preguntó Venetia con muy mala intención.

—Será mejor que no molestemos más a la señorita Downton —dijo Belinda consciente de lo desagradable de la situación—. Tengo que pasar aún por la modista y seguro que usted también tiene cosas que hacer. Que tenga un buen día, señorita Downton.

—Igualmente, Belinda.

Las otras dos jóvenes saludaron con un gesto de cabeza y las tres salieron de la tienda mientras Elizabeth buscaba el modo de serenarse.

—Señorita Downton —la llamó la señora Proudley—, tengo unas sedas que debe usted ver.

Elizabeth respiró hondo y caminó hasta el mostrador.

—Mi padre nunca fue un gran jinete, pero a juzgar por la cantidad de ejemplares que tiene cualquiera pensaría lo contrario. —Galen acariciaba a su caballo con firmeza y suavidad—. Una de las mayores alegrías al regresar a Inglaterra fue saber que podría volver a ver a *Seven*.

Elizabeth sonrió mostrando su simpatía por el animal, pero sin acercarse lo suficiente como para demostrárselo de otro modo.

Galen se dirigió a otro de los caballos y le hizo un gesto con la mano para que se acercara. Al ver que no se decidía, fue hasta ella y la cogió de la mano para llevarla él mismo.

—Tranquila, confíe en mí, no le hará nada —dijo colocando suavemente la mano de Elizabeth sobre el lomo del animal—. Debe dejar que el caballo se acostumbre a su olor y a su presencia.

Elizabeth lo acarició con timidez mientras una enorme sonrisa se iba abriendo paso en su rostro.

—Ellos perciben nuestras emociones y reaccionan a ellas. —La voz de Galen era reconfortante y mostraba una seguridad aplastante—. Si le demuestra que lo teme creerá que hay algún motivo por el que debe temerlo. Es psicología pura.

Elizabeth sonrió contagiada por su expresión.

—¿En América también tiene caballos?

Galen puso en su mano un cepillo para que lo utilizara y Elizabeth obedeció sin protestar.

—Sí, también. Mi tío es un excelente jinete... Era, quiero decir.

Elizabeth lo miró y captó su tristeza antes de que volviera a esconderla tras una mirada irónica.

—Lo quería mucho —afirmó.

Galen asintió con la cabeza, pero no dijo nada.

—Estoy segura de que era un hombre maravilloso —dijo Elizabeth sin pensar.

—Vamos, la enseñaré a ensillarlo y daremos un paseo —dijo Galen sacudiéndose la tristeza.

—No estoy preparada para montar aún —dijo Elizabeth apartándose del caballo de golpe.

—Nadie ha hablado de montar.

Caminaban por uno de los prados que pertenecían a lord Cook. Elizabeth llevaba las riendas en la mano y guiaba al caballo para que la siguiera. Galen le había indicado cómo hacerlo para parecer segura y firme, pero sin violencia. Al principio le costó conseguirlo, pero enseguida ambos, caballo y mujer, comprendieron que podían entenderse.

—Mis padres le piden que se quede a comer con nosotros —dijo Galen de pronto.

Elizabeth tuvo la impresión de que había estado reteniendo aquella información hasta que no pudo más.

—No quisiera ser una molestia. No…

—Han insistido mucho —la interrumpió.

—Entonces no puedo negarme —dijo ella con exagerada timidez.

Galen la miró con atención sin dejar de caminar y Elizabeth esquivó su mirada durante un buen trecho.

—Ojalá estuviese aquí Dexter —susurró su hermana.

—¿No le gustan mis padres, señorita Downton?

—¡Oh, no es eso! Discúlpeme si le he dado la impresión… —Al mirarlo se dio cuenta de que se estaba burlando de ella—. Es usted imposible, siempre encuentra el modo de reírse de mí.

—No se enfade conmigo, sabe que no lo hago con mala intención —dijo riendo.

Elizabeth miró hacia la casa de los Cook, que se alzaba majestuosa un kilómetro a su izquierda.

—Me siento intimidada por ellos —dijo sincerándose con él—. Son tan… perfectos.

—Sé lo que quiere decir. Mi madre es una mujer elegante, bella y con mucha clase, capaz de organizar los más multitudinarios eventos. Y mi padre es el hombre más seguro de sí mismo que haya conocido jamás. Yo también me siento intimidado por tanta perfección.

La calidez de su mirada buscaba hacerla sentir mejor y lo cierto es que lo consiguió.

—Nos alegra mucho que haya aceptado la invitación, señorita Downton. Desde que nuestro hijo ha regresado de América me temo que lo ve usted más que nosotros.

Elizabeth sonrió a la madre de Galen con la certeza de que aquello era un sutil reproche. O no tan sutil.

—Gracias por invitarme, señora Cook. Como saben, mi hermano Dexter siente un gran aprecio por su hijo y solo estará en Lakeshire durante el verano, es por eso que intenta pasar la mayor parte del tiempo con él.

—Y con usted. —Thomas Cook torció una sonrisa.

Elizabeth se dijo que era increíble lo mucho que Galen y él se parecían físicamente, aunque tenía la sensación que ahí acababan las similitudes entre ambos.

—Perdone mi mala educación, señorita Downton —dijo Alma Cook rápidamente—, no le he preguntado por su padre. Espero que esté bien de salud.

—Muy bien, gracias.

—Everald, querido, tú mencionaste el otro día al señor Downton, no recuerdo exactamente...

El padre de Galen miró a su esposa con expresión indiferente.

—Me saludó a la salida de la iglesia —dijo.

—Sabía que me habías hablado de él —dijo la señora Cook.

Los criados retiraron los platos de los entrantes y durante el trasiego solo se escucharon los comentarios que la señora Cook hacía al servicio y el ruido de la vajilla. Elizabeth estaba tensa sin saber por qué, había una atmósfera enrarecida en aquel comedor.

—Señorita Cook, estuve en el rastrillo que organizaron mis tías el año pasado y se deshicieron en alabanzas hacia usted. —Katherine, la hermana pequeña de Galen, le sonrió afablemente. Aquella fue la primera sonrisa sincera desde que entró en esa casa.

—No tuvo importancia —explicó—. Las escuché hablar de ello en casa de los Hassall y comprendí que era mucho trabajo para ellas dos solas. Yo tengo tiempo libre...

—Las mujeres como usted son muy afortunadas —dijo Arthur interviniendo por primera vez en la conversación.

Arthur Cook era el hermano mayor de Galen, había cumplido ya los treinta y cuatro, pero seguía soltero. Elizabeth no pudo evitar comparar su realidad con la propia. Él era considerado un buen partido y la mayoría de las solteras de Lakeshire se sentirían honradas si pusiese sus ojos en ellas.

—¿En qué sentido? —preguntó mirándolo a los ojos.

—No tienen obligaciones conyugales y pueden hacer lo que les plazca —respondió.

—Tiene razón en que no tenemos obligaciones conyugales, pero no en lo segundo.

Arthur torció una sonrisa y la miró con sorna. Elizabeth pensó que era muy atractivo, aunque no tan guapo como Galen.

—¿Se refiere usted a ayudar en un rastrillo a dos pobres y viejas solteronas?

—¡Arthur! —lo regañó su madre sin demasiado entusiasmo—. No hables así de mis pobres hermanas.

—Discúlpame, madre.

—No tenga en cuenta las palabras de mi hermano, señorita Downton —dijo Galen sin quitar la vista de su comida—, debe comprender que ser el primogénito de una familia como esta es una ardua tarea. Sin ir más lejos, hoy he visto que se ha levantado a las diez de la mañana.

Elizabeth lo miró sorprendida de que atacase tan directamente a su hermano mayor.

—Pero no lo juzgue usted severamente —siguió Galen, que ahora miraba a su hermano—, no podía levantarse porque anoche fue derrotado por su amigo el Bourbon en una lucha desigual.

Arthur soltó una carcajada.

—No puedo decir nada en mi descargo —dijo cuando terminó de reírse—. Mi hermano ha descrito la situación con maestría.

Galen, lo miró con ironía

—Es fácil, es una situación demasiado repetitiva.

—Everald... —pidió su esposa.

—No tolero esta clase de comportamiento en mi casa —dijo el padre con impostada severidad. En el fondo parecía importarle muy poco aquella disputa fraterna—. Comportaos como corresponde a nuestra clase. ¿Qué va a pensar la señorita Downton de vosotros?

—No se preocupe —dijo Elizabeth con timidez—. Yo también tengo hermanos.

Atravesaron el pequeño bosque y llegaron al lago en el que Dexter y Galen se bañaban de niños. Siguieron el resguardado sendero que lo bordeaba sin encontrar el modo de iniciar una conversación fluida. Desde que salieron de la casa de los Cook lo habían intentado infructuosamente, varias veces.

—Estoy profunda y tristemente avergonzado —dijo Galen de pronto.

Elizabeth lo miró con simpatía.

—No tiene por qué —dijo con naturalidad—. Sé muy bien cómo son las familias. Mi hermano Armond me ha avergonzado públicamente tantas veces que ya he perdido la cuenta.

Galen seguía muy serio a pesar de su comentario jocoso.

—Creí que al volver me encontraría con las personas que vivían en mis recuerdos —dijo apesadumbrado—. Pero solo una persona sigue exactamente igual que la recordaba.

Elizabeth no dijo nada, percibía en su voz algo inquietante que no quiso enfrentar.

—Hagamos una carrera —dijo de pronto—. ¡Le reto a llegar antes que yo al sauce llorón del Rose Line!

La mujer echó a correr dejando a su adversario momentáneamente descolocado. Esos metros serían decisivos para proclamar al vencedor.

Capítulo 5

Los invitados estaban sentados a la mesa. Elizabeth había sido colocada casi en el centro, como corresponde a alguien sin demasiada importancia. Dexter y Galen ocupaban sendos sitios junto a la cabecera, en la que estaba sentada la señora Roswell. Al lado de Dexter se sentaba la señorita Belinda Middleton y junto a Galen, Venetia Clifford. Fifí ocupaba un lugar al otro lado de la mesa, cerca del señor Roswell. También habían invitado a Phillip Uhland y a su esposa Lesa a la que, como si fuese una broma del destino, habían sentado al lado de Virgil Alston. Elizabeth se dijo que aquella podía ser una cena muy entretenida.

La mesa era grande y albergaba a los veinticinco invitados que, de manera holgada, disfrutaban del faisán confitado y el resto de viandas con que los Roswell les homenajeaban para celebrar que ya se había puesto fecha para la boda de su hija Cordelia con Virgil Alston. También habían invitado a Armond y su esposa, que habían dedicado apenas unos segundos a charlar con Elizabeth, de los cuales la mitad sirvieron para que Lucinda le dejase claro que su atuendo no era el apropiado y que su piel empezaba a mostrar los signos evidentes de la edad.

—Dudo que haya un hijo mejor que el mío —decía la señora Alston refiriéndose al novio—. Es atento, educado y guapo. ¿Qué más puede pedir una joven hoy en día?

—Cierto —respondió la madre de Cordelia—. Pero no es menos cierto que mi hija es una de las jovencitas más hermosas del condado y está en una edad perfecta para el matrimonio.

—Desde luego, desde luego —confirmó la señora Alston.

Elizabeth atendía a la conversación sin mostrar la más mínima afectación, aunque por dentro se estaba riendo a carcajadas. Miró a su alrededor sabiéndose segura, pero al descubrir los ojos de Galen fijos en ella la embargó la desagradable sensación de que el joven podía ver lo que ocurría dentro de su cabeza. De pronto se sintió avergonzada y mortificada por sus malos pensamientos.

—Y cuéntenos, señor Cook, ¿es cierto todo lo que se cuenta sobre las mujeres neoyorquinas? —lo animó el anfitrión.

—¿Y qué se cuenta exactamente? —preguntó el joven.

—Pues según tengo entendido se creen protagonistas de una historia formidable —dijo provocando la risa de los comensales—. Poseen una gran imaginación y se ven como heroínas de su historia.

—¿Y no lo somos todos? —preguntó el joven mirándolo con una expresión irónica—. Me temo, señor Roswell, que las mujeres neoyorquinas son, al igual que las inglesas, muy superiores a nosotros.

—¡Bravo! —exclamó la señora Roswell, y cogiendo su copa la levantó frente a todos—. Brindemos por la sabiduría de este joven que no solo ha sabido sortear muy bien un tema delicado, sino que le ha dado la vuelta y lo ha convertido en una alabanza hacia nuestro género. Señor Cook, le auguro un fructífero futuro sentimental.

Todos levantaron sus copas y brindaron en honor a Galen, que les agradeció el gesto con una sonrisa. Su mirada se cruzó con la de Elizabeth y provocó en ella una cálida y desconocida sensación.

—En esta mesa cuenta con dos señoritas solteras que no parecen disgustadas con su presencia, señor Cook —dijo George Roswell llevándose la copa de vino a los labios.

—Señor Roswell —intervino Lesa Uhland—. Se olvida usted de Elizabeth Downton, ella no es menos soltera que estas dos jovencitas.

—¡Oh! Discúlpeme, señorita Downton, no quise…

—¡Señor Roswell! —dijo Venetia Clifford riendo a carcajadas—. Estoy segura de que la señorita Downton entiende por qué la ha excluido. ¿No es así. señorita Downton?

Todos miraron a Elizabeth y ella intentó sonreír para disimular lo mucho que la incomodaban.

—Por supuesto —dijo y después carraspeó para aclararse la voz, que sonó un poco forzada—. Señor Roswell, no se preocupe, comprendo que en estos momentos me hallo en una especie de limbo romántico. Soy demasiado vieja para llamar la atención de los jóvenes y demasiado joven para dedicarme a organizar rastrillos.

Se hizo un incómodo silencio.

—No quería decir… —Se sintió fatal por haber ironizado a costa de las señoritas Winterman, sobre todo viendo la expresión en el rostro de Galen.

—Los Tomlison se han comprado una casa en Londres —dijo la señora Roswell cambiando de tema. Todas las miradas se desviaron hacia ella aliviadas—. Dicen que es de las más lujosas del condado, sin contar la de lord Cook.

—¿Estás bien, hermanita? —Dexter la encontró en el jardín trasero de la casa de los Roswell. Conocía bien a Elizabeth y sabía que solo aguantaba un tiempo limitado en aquel tipo de reuniones, máxime cuando la convertían en el centro de atención. Había ido por él y ahora se sentía culpable por ello.

—No debes hacer caso de lo que digan…

—Soy una persona horrible.

Su hermano la miró sorprendido.

—¿Tú, horrible?

—¡Oh, Dexter! Si Jillian estuviese aquí me habría dado una tunda de palos —dijo apesadumbrada.

—Mi madre jamás nos pegó —dijo riendo.

—Pues merecería que lo hubiese hecho —dijo retorciéndose las manos—. ¿Has escuchado lo que he dicho? Galen debe pensar que soy una persona despreciable.

—Galen no piensa nada de eso.

—Soy una solterona como las señoritas Winterman —dijo Elizabeth con una triste sonrisa—, y espero que el destino me haga pagar mi imperdonable impertinencia.

—Tú nunca serás como las señoritas Winterman —dijo su hermano sin abandonar aquella pícara sonrisa—. No imagino a las dos damas subiéndose a los árboles…

—¡Dexter! —Le dio un suave golpe en un brazo—. Deja de burlarte de mí. He sido horrible y debes regañarme por ello.

—Está bien. Elizabeth Downton —dijo señalándola con el dedo—, espero que hayas aprendido la lección, sea cual sea, y no vuelvas a ser una joven… ¿o debería decir anciana? Es igual, no vuelvas a ser impertinente con las señoritas Winterman o tendré que azotarte.

—Eres imposible —dijo su hermana sin poder aguantarse la risa—. No puedo estar seria cuando estás a mi lado.

—Pues te prometo que siempre estaré para hacerte reír.

Elizabeth lo miró con ternura.

—Por desgracia no ese el futuro que me espera. Viviré con papá mientras él esté, pero lo que realmente me preocupa es lo que pasará después. Armond es el primogénito y se quedará con todo. Tendré que esperar su misericordia. Y la de Lucinda...

—No sabes lo que nos deparará el futuro —dijo su hermano cogiéndola por los hombros para obligarla a mirarlo—. Si tú quieres, vivirás conmigo. Yo cuidaré siempre de ti.

—No digas tonterías, Dexter. Eres mi hermano pequeño, no seré una carga para ti.

—Tú nunca serías una carga, hermanita —sonrió el joven—. Cuando tenga mi propia casa vivirás conmigo y no se hable más.

—¿Y si tu esposa no está de acuerdo? —preguntó Elizabeth sin poder disimular su júbilo.

—La mujer a la que yo ame te querrá igual que te quiero yo.

Se abrazaron con ternura. Ninguno se percató del testigo mudo de aquella escena. Galen volvió a entrar en la casa con un sentimiento de afecto enorme por aquellos dos hermanos.

Los días pasaron lánguidamente entre paseos y diversiones varias. Los tres jóvenes compartieron la mayor parte del tiempo y las fiestas de aquel verano resultaron, por ello, mucho más entretenidas. Elizabeth recobró la ilusión por asistir a eventos de los que huía la mayor parte del tiempo. Ya no se sentía sola o extraña. Tenía con quién charlar, con quién bailar y dos caballeros sin espada dispuestos a rescatarla de las garras de Rolando Elphick.

—¿Hace mucho que dura su acoso? —preguntó Galen tras uno de esos rescates.

Elizabeth sonrió con dulzura.

—Es un buen hombre —dijo excusándolo.

—Y un amante del vino demasiado apasionado, me temo —dijo el joven—. Apenas podía sostenerse en pie.

—Mi padre no comprende por qué no lo acepto. No hay que olvidar que la suya es la única propuesta que he recibido.

—¡Pero si le dobla la edad!

—En este caso, ya sabe que los años se consideran un adorno, no una carga.

—Claro. En cambio si el hombre es más joven…

Elizabeth lo miró sorprendida y sintió cómo el rubor subía por su garganta y anegaba su cara sin compasión.

—Señorita Downton. —Belinda llegó hasta ellos acompañada por su habitual séquito formado por Fifí y Venetia Clifford—. Señor Cook…

61

—Hola, señorita Middleton —la saludó Elizabeth—. Señoritas Clifford…

—¿Qué hacen aquí tan apartados de los demás? —dijo Venetia después de los saludos de rigor—. Cualquiera pensaría que están tramando algo.

—Creo que se esconde del señor Elphick, que la está buscando —intervino Fifí—. No debería ser tan dura con él, señorita Downton, está claro que tiene buenas intenciones hacia usted.

—Lamentablemente —dijo Elizabeth—, las buenas intenciones del señor Elphick no coinciden con las mías.

Galen sonrió sin disimulo, lo que no pasó desapercibido para las tres jóvenes.

—Usted es libre de decidir lo que hacer con su vida, faltaría más —dijo Venetia—. No a todo el mundo le gusta el matrimonio. Quizá prefiera una vida más… solitaria.

—¡Como las señoritas Winterman! —exclamó Fifí—. Señor Cook, ¿es cierto que una de ellas estuvo a punto de casarse con el capitán de un barco?

—Fifí, por favor —la regañó Belinda—, nadie debe meterse en la vida de los demás. Señor Cook, excuse a mis amigas, por favor.

Galen se sorprendió de que fuese precisamente a él a quien le pidiese disculpas, siendo tan desagradables con Elizabeth.

—Discúlpennos —dijo ofreciéndole su mano a su amiga—. La señorita Downton me prometió este baile.

Elizabeth se dejó llevar con satisfacción, no por la expresión de claro disgusto en el rostro de Belinda, sino porque no creía poder soportar más ataques sin responder a ellos con una sonora carcajada.

—Esta es una de esas cosas en las que Inglaterra no se distingue de cualquier otro lugar —dijo Galen cuando entraban a la pista.

—¿Se refiere a la crueldad con la que el ser humano trata a sus iguales cuando los sabe heridos?

El joven la miró sorprendido.

—Veo que no se amilana frente a sus agresoras —dijo sonriendo—, temí que estos años la hubiesen ablandado.

—Pues ya ve que no —dijo colocándose en posición para iniciar el baile.

Cuando el vals comenzó a sonar los dos bailarines se movieron por la pista como si hubiesen estado ensayando durante días, tal era su complicidad y la coordinación de sus movimientos.

—Siempre me sorprendió eso de usted —dijo Galen iniciando la conversación—. Parece inmune a lo que piensen los demás. Es como si se moviera en otro plano de realidad. En uno superior.

—Me halaga usted, señor Cook, pero me temo que se trata de algo mucho menos edificante. Me da la impresión de que las personas no conceden valor a lo que verdaderamente importa.

—¿Y qué es ello?

—La honestidad y los verdaderos afectos.

—Grandes valores, estoy de acuerdo —confirmó Galen.

—Si dejásemos hablar a nuestros afectos sin duda seríamos más indulgentes con las carencias ajenas. Cuando apreciamos a alguien no necesitamos que nos convenza con intrincados argumentos para aceptar lo que nos dice. Por ejemplo, las señoritas Clifford, estoy convencida de que en su corazón guardan buenos sentimientos hacia mí. Nunca les he causado ningún mal, al contrario. Sin embargo, dejan que sus afectos se mantengan ocultos mientras disfrutan agrediéndome por mi condición de desahuciada sentimental.

—¿Desahuciada sentimental? —Galen no pudo disimular su estupor—. ¿Qué clase de definición es esa?

Elizabeth sonrió sin cinismo.

—He cumplido treinta y dos años. En este tiempo no he recibido más que una proposición de matrimonio, y los dos sabemos de quién…

—Pero sigue siendo joven…

—Le felicito, señor Cook.

—¿Por qué motivo?

—Porque veo que usted es capaz de dejar hablar a sus afectos y le auguro una vida plena y satisfactoria por ello.

—No deje que le hagan creer que no puede cambiar su destino —dijo muy serio.

Elizabeth sonrió abiertamente sin dejar de dar vueltas por la pista con evidente satisfacción.

—No se equivoque, señor Cook, al sacarme de sus planes nuestros amigos me han dado la libertad.

Capítulo 6

El verano resultó más corto de lo que parecía cuando Dexter llegó y en dos días el joven volvería a la universidad para seguir con sus estudios, lo que amenazaba con enturbiar la felicidad de sus últimos días juntos. Habían paseado, nadado en el lago... incluso Elizabeth había aprendido a montar a caballo y era capaz de acariciar al animal que Galen había elegido para ella sin que le temblase el pulso.

—¡Galen Cook, yo puedo subir mucho más rápido!

Elizabeth estaba de pie frente al árbol con las manos en la cintura, mirando al joven que se había encaramado hasta una de las ramas más altas desafiándola a seguirlo.

—Eso habrá que verlo —dijo Galen riendo.

—No la provoques —le espetó Dexter.

Elizabeth ya había empezado la ascensión y a pesar de las faldas de su vestido consiguió tocar la rama en la que Galen se había sentado, en menor tiempo de lo que a él le había costado alcanzarla.

—¿Qué dice ahora, caballero? —Elizabeth lo miraba retadora.

—Me trago mis palabras, señorita, es usted mucho mejor trepadora de árboles que yo —dijo Galen riéndose.

Dexter los observaba con satisfacción. Sentía un enorme afecto por los dos. Podía decir, sin lugar a dudas, que eran sus dos personas favoritas en el mundo. Y al verlos sintió una certeza absoluta.

Elizabeth bajó con la misma soltura que había subido y se sacudió la falda, que se le había arrugado un poco. Galen saltó a su lado y le hizo una reverencia como muestra de respeto.

—Espero que no habléis de esto con nadie —dijo la joven—, mi reputación caería por los suelos si se supiera que me encaramo a los árboles y lanzo piedras como un vulgar muchacho.

Al mirar a su hermano percibió una extraña expresión en su mirada.

—¿En qué piensas? —dijo acercándose a él. Se arrodilló sobre la manta en la que descansaba relajado.

—En nada —mintió—. Tan solo os miraba.

Galen también percibió aquella expresión y sintió que el suelo temblaba bajo sus pies. Porqué él sí supo descifrar la mirada de su amigo.

—Elizabeth, ¿te importaría volver sola a casa? —preguntó Dexter poniéndose de pie—. Quiero despedirme de las señoritas Winterman y le pedí a Galen que me acompañara. Claro que si quieres acompañarnos…

—No, no, tranquilo. Tengo cosas que hacer. Id vosotros. —No le apetecía nada una aburrida tarde en compañía de aquellas dos mujeres.

Cuando estuvieron frente a Tilford Hall, Elizabeth se despidió de ellos y los dos jóvenes continuaron su camino hacia el pueblo.

—¿Por qué le has mentido? —preguntó Galen cuando estuvieron lo bastante lejos.

—Quería quedarme a solas contigo y es lo único que se me ocurrió.

—¿Qué ocurre? —Galen lo miró sin disimular su turbación.

—He visto cómo la miras —dijo Dexter sin preámbulos.

Galen apartó la mirada y soltó el aire con fuerza de sus pulmones. No quería enemistarse con Dexter, era y siempre había sido su mejor amigo.

—¿No vas a decir nada? —insistió su amigo, pero Galen se mantenía en silencio—. Está bien, entonces hablaré yo. Me marcho en dos días y quiero que me prometas que cuidarás de ella.

Galen no se esperaba aquello y su expresión de sorpresa provocó una carcajada en su amigo.

—Deberías verte la cara —dijo Dexter deteniendo su avance para mirar a su amigo de frente—. Escúchame, Galen, no voy a meterme en tus decisiones. Hagas lo que hagas, sé que lo harás dejando que hable tu corazón, así que no hay nada de lo que deba preocuparme. Lo único que sí te pido es que, sea cual sea su respuesta a tu pregunta, no la dejes sola cuando yo me vaya. Sé que ya te has percatado de que Lizzy tiene un alma noble y un espíritu libre que hace que no encaje en un mundo de artificio y convencionalismos en el que vivimos. Desde que era una niña siempre fue distinta a las demás y sé que es por eso que mi madre la adoraba. Precisamente ella me dijo que llegaría el día en el que me necesitaría a su lado y me hizo prometer que, llegado el momento, no la abandonaría. Yo era un niño y no entendí a qué se refería, pero ahora sí lo entiendo. Debo acabar mis estudios, labrarme un futuro antes de regresar, pero cuando lo haga me ocuparé de que a Elizabeth no le falte nunca nada.

Caminaron en silencio unos cuantos metros. Dexter debía pensar muy bien lo que decía y cómo lo decía, no quería poner incómodo a su amigo a pesar de conocer bien sus sentimientos.

—Ahora mismo mi hermana está en un momento delicado. Cualquier otra joven estaría hundida en la desesperación y la tristeza al ver que a lo único que puede aspirar es a aceptar las pretensiones de un borracho insoportable como Rolando Elphick o convertirse en…

No quiso decir el nombre de las tías de Galen y su amigo asintió para que supiese que lo entendía.

—Has visto cómo la tratan y también has sido testigo de cómo ella no deja que eso la afecte y la convierta en una amargada. ¡Incluso nuestro padre no deja de martirizarla!

—Tranquilo —lo cortó Galen viendo que lo embargaba la emoción—. Sé perfectamente lo que quieres de mí y te aseguro que, durante el tiempo que tú no estés, tu hermana me tendrá como su más fiel aliado.

Dexter sonrió aliviado.

—Gracias, amigo. Sabía que podía contar contigo.

Los dos continuaron su paseo, ya más tranquilos.

Tras la marcha de Dexter la vida volvió a su rutina, aunque Elizabeth y Galen continuaron viéndose prácticamente a diario. No había nada inapropiado en ello, ya que Elizabeth era una respetable solterona y Galen Cook era como un hermano pequeño para ella.

Desde muy jovencita, una vez a la semana Elizabeth visitaba las casas de los más desfavorecidos de Lakeshire. Les llevaba comida, ropa y otros utensilios que sabía que necesitaban. Siempre estaba atenta cuando conversaba con ellos, prestando atención a los mensajes ocultos que ni siquiera se

71

daban cuenta de que emitían. Un gesto, un comentario hecho entre ellos, cualquier cosa que le indicase cuáles eran sus necesidades, porque los habitantes de aquellos humildes hogares nunca le pedían nada.

A Elizabeth ya no le sorprendía comprobar que el orgullo no sabía de posesiones y para aquellos hombres, que apenas tenían lo que llevaban puesto, pedir resultaba humillante. Por eso procuraba visitarlos siempre cuando los hombres estaban trabajando y se evitaba así situaciones incómodas que podían llevar a que le pidiesen que no regresara más. Las mujeres en eso eran menos orgullosas, aunque al principio la miraron con reservas. Pero ahora que la conocían bien la recibían con alegría, una taza del té que ella les suministraba y sus mejores galas, que solían consistir en el mismo vestido, pero recién lavado.

Elizabeth se sentaba a charlar con ellas y así se enteraba de lo que necesitaban por medio de subterfugios y poniendo mucha atención en lo que la rodeaba. Así descubría que se había roto una vasija o necesitaban madera o clavos para reparar un mueble, una manta para la cama o un simple vestido.

A su padre no le gustaba esa ocupación de su hija y le prohibió que emplease un solo penique de su dinero en ese «entretenimiento» tan poco apropiado. Pero nada podía hacer para evitar que utilizase parte de la modesta asignación que recibía por el dinero que le dejó su madre.

Elizabeth prefería «retocar» un poco sus vestidos para darles otro aire y repetir indumentaria en diversas reuniones. Quizá el hecho de sentirse fuera de la «feria de selección» ayudase a ello. Nadie se fijaba demasiado en sus vestidos si no era para criticarla y sabía de sobra que eso sería exactamente igual si llevase uno nuevo cada vez, así que prefería emplear su dinero en comprar mantas o gorritos de bebé para quienes realmente lo necesitaban.

Galen la observaba ahora sentada en aquel cómodo sofá en casa de los Aspin, rodeada de todas aquellas acicaladas mujeres que conversaban sobre telas y lazos, y la recordaba aquella misma mañana cuando llegaron frente a la casa de los Lyme.

La pequeña Elihu había corrido hacia ella con los brazos extendidos y la cara llena de chorretones y Elizabeth no había dudado en levantarla en sus brazos y devolverle los besos que la niña le daba.

—¡Elihu! ¡Vas a manchar a la señorita!

—No se preocupe, señora Lyme, no me importa —había dicho Elizabeth.

Galen la había visto ya varias veces con esa niña y con otras parecidas a ella. Era dulce y cariñosa con todo el mundo, se fijaba en cuáles eran sus necesidades y trataba de solucionarlas como podía.

Los ojos de Elizabeth se encontraron con la mirada de Galen, que la observaba apoyado en la

73

repisa de la chimenea del salón, en casa de los Aspin. Sabía en lo que estaba pensando, podía ver en sus ojos azules la misma expresión que tenía cuando salieron de la casa de los Lyme aquella mañana: admiración. Solo había visto esa expresión, dirigida a ella, en su hermano Dexter. Sonrió con ternura, quizá sí que la veía como una hermana mayor, después de todo.

Capítulo 7

El parque que rodeaba la mansión era muy extenso y variado. Recorrieron una de las zonas más bajas, y luego se adentraron en el pequeño bosque que llevaba al lago, pero siguieron en dirección contraria hacia Covent House.

Elizabeth tenía la cabeza demasiado ocupada para prestarse a conversar, pero vio y admiró todas las bellezas del paisaje. Ascendieron poco a poco durante casi un kilómetro, hasta llegar a la cima de un promontorio bastante elevado, donde terminaba el bosque y se divisaba la lúgubre y oscura mansión.

Covent House estaba situada en el extremo opuesto del bosque y se llegaba a ella a través de un camino sinuoso y bastante accidentado. Era un imponente edificio de piedra que se alzaba en la ladera rodeada de elevadas colinas boscosas. En la parte de atrás de la mansión había un riachuelo cuyo cauce, al ensancharse, había formado un pequeño estanque natural. Sus orillas carecían de adornos, pero aun así Elizabeth estaba enamorada de aquel lugar al que el ser humano parecía haber abandonado.

—Hace un día precioso —dijo Galen—. Nunca me canso del maravilloso espectáculo de la naturaleza.

Elizabeth lo miró como se mira a una alma gemela.

—Yo siento lo mismo. No puedo vivir sin el olor que deja la lluvia sobre la tierra mojada. Me emociona la visión de los rayos del sol a través de las hojas de los árboles. Dexter se ríe de mí por eso.

—Y por muchas otras cosas —dijo Galen, sonriendo burlón.

Siguieron avanzando en silencio como si ninguno quisiera arrebatarle al otro el sosiego y la paz de aquel momento.

—Nadie sabe por qué los Bentham abandonaron Inglaterra —dijo Galen cuando caminaban por los antiguos jardines, ahora invadidos por la vegetación salvaje.

—Se han contado todo tipo de historias. Románticas y económicas. Eudora Bentham era mucho más joven que su esposo, aunque dicen que él era fuerte y se mantenía en perfecta forma. No es que yo los conociera, no soy tan vieja —dijo sonriendo ante la expresión de Galen—, pero Jillian me habló de ellos.

—¿Los conocía? —preguntó él.

—Sí. Eudora era amiga suya.

—¿Y no supo los motivos reales por los que se marcharon?

—Si los supo no me los contó. Tan solo me hablaba de cuando vivían aquí, de lo mucho que se amaban y de lo felices que eran.

Galen la miró de un modo que hizo que se le encogiera el estómago y aceleró el paso para alejarse de él.

Rodearon la casa observando la fantasmagórica mansión.

—Una casa vacía tiene algo de trágico, ¿no le parece? —dijo Galen acercándose a una de las ventanas para mirar adentro—. Se imagina uno que dentro siguen sus habitantes, sentados a la mesa, llenándose del polvo de los años. Impertérritos al paso del tiempo, indiferentes a su propia muerte.

Elizabeth lo miró sorprendida.

—Creo que el señor Dickens ha hecho mella en su ánimo.

Galen sonrió mientras trataba de ocultar su mirada.

—No hay modo de engañarla —dijo.

—Me ofende, señor Cook. Los libros del señor Dickens son unos fieles amigos con los que he compartido intensos momentos.

—Lo sé.

Entraron en la mansión vigilando dónde ponían el pie y mirando de vez en cuando hacia arriba para asegurarse de que no se les caía encima.

—La primera vez que vine aquí fue con Dexter y con usted —dijo Galen cuando entraron en las cocinas—. Nos contó una historia, ¿se acuerda?

Elizabeth asintió con la cabeza, sonriendo al recordarla.

—Me inventé dos fantasmas encantadores —dijo al tiempo que paseaba alrededor de una vieja mesa sin dejar de mirarlo.

—Ella era encantadora, él era un asesino —dijo Galen.

—Recuerdo que uno de los dos muchachos a quienes les conté aquella historia lloró al escuchar el desenlace. —Recordaba en él a aquel joven, aunque ahora ya era todo un hombre.

—No crea que me avergüenza —dijo él—, no soy de los que piensan que la hombría se demuestra con la insensibilidad, sino al contrario.

—No creo que haya nada de lo que avergonzarse —dijo Elizabeth muy seria—. Los hombres también portan sobre sus espaldas una silenciosa tiranía, al igual que las mujeres. La nuestra es más evidente, pero la suya no es menos cierta por ello. Deben ser fuertes y mantenerse siempre serenos. Deben tener respuestas a todas las cuitas y no deben mostrar sus tiernas emociones, a pesar de que, ciertamente, las tengan. Desde niños se les obliga a mantenerse fríos ante la tragedia, indiferentes a la necesidad de cariño.

—Es usted una mujer excepcional, Elizabeth —dijo acercándose a ella con una mirada peligrosa.

Elizabeth enrojeció sin poder evitarlo y trató de apartarse, pero él se movió para impedírselo.

—Sabe lo que siento —dijo sin tocarla—. No lo niegue.

—Señor Cook... —Apartó la mirada tratando de impedir que pudiese leer en sus ojos.

—¡Míreme! —ordenó él con firmeza.

Elizabeth obedeció y posó sus ojos verdes en aquellas dos teas encendidas que despedían destellos azules.

—Me gusta todo de usted, señorita Downton. Me gusta su pelo y su manera de caminar. Adoro la forma en que juega con el lazo de su vestido cuando se aburre y su risa cantarina cuando la sorprendo con alguna broma. —Serenó su ánimo y su voz se hizo más profunda—. Me gustan sus ojos verdes y cristalinos, su pequeña nariz y esos labios que ahora tiemblan al escucharme. Sé que siente lo mismo por mí, lo he visto en sus ojos cuando cree que no la miro. Pero debe saber algo: yo siempre la miro.

Elizabeth lo empujó y trató de huir, pero la cogió de la cintura y la atrajo hacia su cuerpo sin dejar de mirarla a los ojos.

—Pero no es todo eso lo que más adoro —susurró—. Lo que verdaderamente me subyuga y me deja desarmado frente a usted es su personalidad, su enorme corazón y su resolución para llevar a cabo todo aquello en lo que cree.

—Esto no… —Elizabeth temblaba como una hoja y apenas podía respirar.

—No voy a obligarla a nada que no quiera —dijo Galen—, no soy esa clase de hombre, usted me conoce bien y lo sabe. Tan solo quiero que, de una vez, escuche lo que siento y al final responda a la pregunta que le haré.

—No sabe lo que dice…

—Claro que lo sé, lo sé muy bien. —Apretó el abrazo que rodeaba su cintura y la sacudió para que lo mirase. No había violencia en sus gestos, pero sí una firme determinación—. La amo. La amo como no amaré a nadie más. Creo que siempre la he amado y no he dejado de amarla a pesar de la distancia que nos separaba. Cuando la vi por primera vez después de estos años sentí que me explotaba el corazón.

Elizabeth lo miraba ahora sin reservas, ya no podía disimular más lo que sentía.

—Sé que será difícil —siguió hablando Galen—, que la gente hablará de nosotros, pero ¿qué nos importa todo eso? ¿No merece la pena enfrentarlos para conseguir lo que ambos sabemos que será nuestra felicidad?

—Dexter…

—Dexter nos conoce mejor que nadie. Se dio cuenta enseguida de lo que pasaba.

Elizabeth lo miró asustada.

—Dios mío… —susurró.

—Me pidió que cuidase de usted mientras él no estaba —dijo Galen sonriendo—, me dijo que apoyaría cualquier decisión que yo tomase.

Elizabeth sintió que se le inflamaba el pecho. El único rechazo que no podría soportar era el de su hermano pequeño. Saber que a él le parecía bien fue todo lo que necesitó para librarse de todos sus prejuicios.

—¿Cuál era la pregunta? —dijo cuando ya sus ojos le habían respondido.

—Elizabeth Downton, ¿se casará usted conmigo?

La joven asintió muy despacio y esperó impaciente el gesto que sellaría aquel contrato.

—¿Está esperando a que la bese? —preguntó Galen aguantándose las ganas.

—No es muy caballeroso por tu parte hacerme esa pregunta —dejó el tratamiento.

—Tendrás que acostumbrarte —respondió él acercándose lentamente—, pero creía que ya sabías que yo no soy ningún caballero.

Deslizó los labios sobre los de ella con una pasión que la dejó sin aliento, eliminando por completo cualquier capacidad de resistirse. Galen la sintió trémula entre sus brazos y el deseo recorrió su cuerpo como una llamarada. Elizabeth no imaginaba que se sentiría tan vulnerable a su contacto y afianzó sus manos en la espalda masculina por temor a desplomarse en el sucio suelo si no se sujetaba.

—Has respondido a mi beso —dijo él apartándose lo justo para poder hablar—. Quiero asegurarme de que no me nubla la razón lo mucho que ansiaba este momento. Necesito que lo digas en voz alta, Lizzy.

—He respondido a tu beso —dijo ella.

—Bien, porque el que viene ahora no será tan casto.

La besó de nuevo. Pasó la lengua por su labio inferior y después la hundió en su boca, enredándola con la suya. Esta vez la presión era insistente y decidida y hablaba directamente de lo mucho que la deseaba. Elizabeth aprendía rápido y devolvió beso por beso entregándose sin reservas.

Después de varios minutos Galen se apartó y la miró con ojos brillantes.

—Se te hincharán los labios si no paro.

—No me importa —dijo ella con timidez.

—Te amo —dijo el joven con una sonrisa de felicidad.

—Te amo —repitió Elizabeth sin pensar en nada que no fuesen aquellos ojos azules y brillantes.

Encontraron un sitio apacible, un rincón cercano a la casa, y se sentaron en la enorme piedra que alguno de los saqueos que había sufrido la propiedad abandonada había llevado hasta ese rincón. Durante unos segundos tan solo disfrutaron del contacto de sus manos y de la presencia del otro, sin decir nada, dejando hablar a sus miradas.

—Esto es una locura —dijo Elizabeth.

Galen sonrió abiertamente.

—Reconozco que estoy completamente loco por ti, es cierto.

—Cuando tú naciste yo tenía diez años... —Elizabeth sentía que debía decirlo en voz alta. Observando con atención la expresión en su rostro para asegurarse de que era consciente de ello.

La sonrisa de Galen Cook se hizo más grande.

—Ya veo —dijo asintiendo con la cabeza—. Eres una auténtica anciana.

Antes de que ella pudiera responderle el joven capturó de nuevo su boca y la besó dulce y suavemente. Una y otra vez, como si necesitara asegurarse de que aquello estaba ocurriendo de verdad.

—Estos últimos meses he fantaseado con este momento hasta volverme loco —confesó—. Sabía que tú sentías lo mismo, ¡lo sabía!

Elizabeth le acarició el rostro con ternura. Sentía una felicidad tan intensa que temió que el corazón le estallase si no se calmaba. Se puso de pie y caminó delante de él buscando la serenidad que necesitaba para pensar con atención en lo que estaba pasando.

—No podemos decírselo a nadie de momento —dijo en voz alta—. Esperaremos a que vuelva Dexter en Navidad.

Galen comprendió que buscaba tener apoyos cuando llegase el momento.

—Será duro, no creas que nos lo pondrán fácil —siguió diciendo—. ¿Tus padres qué dirán? ¿Crees que podrán aceptarme? Mi padre será cruel y Armond me humillará, sin duda, pero a quien más temo es a esas crueles jovencitas que se mueren por tener tus atenciones.

Galen se levantó y la agarró por la cintura de nuevo, pegándola a su cuerpo sin dejar de sonreír.

—A la única que deseo ofrecerle mis atenciones es a usted, mi queridísima señorita Downton —dijo.

—¿No dejaste ningún corazón roto en Nueva York? —preguntó jugando con el pañuelo de su cuello—. No creo que hayas sido un monje.

—No, no lo he sido —reconoció él—, pero jamás he dado mi palabra a ninguna mujer. Excepto a ti.

Elizabeth lo miró y sus verdes y diáfanos ojos lo dejaron sin habla.

—Tus ojos son aterradores. Siento que atraviesan mi carne y mis huesos y se meten en lo más profundo de mi ser. Nunca nadie me había mirado del modo en que tú lo haces.

Aplastó su boca contra la de ella con una dulce y angustiosa necesidad. El beso se hizo interminable, era como si no pudiese separarse de ella, como si necesitara su aliento para respirar. El fuego invadió cada centímetro del cuerpo de la joven, que nunca había sentido algo parecido a lo que Galen Cook le estaba haciendo sentir. Rodeó su cuello y gimió presa de un ansia que desconocía y no sabía cómo saciar. Cuando Galen puso la mano en uno de sus pechos se sintió desfallecer y él tuvo que sostenerla.

—Será mejor que regresemos cuanto antes —dijo el joven separando su boca de ella.

—No... —gimió Elizabeth suplicante.

Galen cogió su cara entre las manos y la miró fijamente a los ojos.

—Si no nos vamos ahora, juro que te tumbaré en esa piedra y te haré mía aquí mismo.

No era una amenaza, era una certeza, y Elizabeth estuvo tentada de provocar que se cumpliera. Finalmente su raciocinio fue capaz de superar los impulsos que lanzaban sus sentidos y se apartó de él. Estiró su vestido y se arregló el cabello antes de caminar hacia los caballos. Galen Cook la observó alejarse y le dio unos metros de margen repitiéndose una y otra vez que debía respetarla por encima de todo.

Capítulo 8

Encontraron el modo de eludir las miradas de sus amigos, familiares y vecinos viéndose a diario en lugares aislados y apartados de todos. La mansión de los Bentham, Covent House, se convirtió en un lugar especial. A menudo se encontraban allí y deambulaban por las abandonadas habitaciones y salones llenándolas de besos y caricias. Sin darse cuenta llegaron a noviembre. La boda de Cordelia Roswell y Virgil Alston era la gran celebración de la temporada y ambos estaban invitados por separado, por supuesto.

Por primera vez en años Elizabeth estaba ilusionada con el vestido que iba a lucir, aunque ya de manera cotidiana se esmeraba en su arreglo personal y cuidaba cada uno de los detalles de su atuendo. Su padre, que ya llevaba tiempo observándola en silencio, dedujo que sus sospechas debían ser ciertas. Su hija estaba interesada en alguien aunque, por más que repasó la lista de sus conocidos y amigos, no fue capaz de localizar el nombre del sujeto.

—Señorita Downton, está bellísima. —Nora, su doncella, la miraba emocionada.

Elizabeth suspiró aliviada mientras se contemplaba en el espejo. Era cierto, estaba hermosa y hubiera deseado poder decirle a todo el mundo que esa felicidad que brillaba en sus ojos era porque estaba enamorada. En lugar de eso se perfumó y salió de su habitación para ir hasta el coche en el que ya debía estar esperándola su padre, malhumorado como siempre.

Los Roswell abrieron el gran salón para el baile al llegar la noche y los novios se pasearon entre sus numerosos invitados mostrando su ufana alegría. Elizabeth estaba cansada de tantas horas de celebración y más teniendo que disimular cada vez que se cruzaba con Galen. Lo cierto es que procuró no estar sola en ningún momento y evitaba los lugares apartados y recónditos, porque temía que el joven hiciese alguna temeridad si veía el momento. Lo había descubierto mirándola varias veces de un modo demasiado intenso y había entrado en pánico. Por suerte, ni su padre ni su hermano Armond eran lo suficientemente avispados como para percatarse de un detalle como ese. Pero Lucinda era mucho más astuta.

—Bonito vestido —dijo su cuñada parándose junto a Elizabeth, que observaba a los bailarines—. ¿Es nuevo?

Ella le sonrió con simpatía. A pesar del poco afecto que la esposa de su hermano sentía por ella, Elizabeth era tan feliz que se sentía capaz de querer a todo el mundo.

—No me invitan a muchas bodas —respondió—, me pareció un buen momento para comprarme un vestido.

—Has hecho bien, querida. En tu situación cualquier excusa es buena para darse un capricho. —La miró de arriba abajo—. Aunque viendo la tela... debe haberte costado muy caro. Hay que reconocer que tu padre es un hombre muy generoso. No es que a mí me importe, entiendo que eres su hija y que dependes por completo de él. Llámame rara, pero yo nunca dejé que mi padre se explayara en mis gastos. Ya sé que soy una persona peculiar, cualquier otra se habría aprovechado de ser la favorita de su padre, pero yo no podía hacerlo. Era superior a mis fuerzas, lo reconozco. No debes preocuparte por tu hermano Armond, él es un hombre tremendamente generoso en todo lo que tiene que ver contigo, puedes estar segura de que no le importa que parte de su fortuna se vaya en tus caprichos.

Elizabeth puso todo su esfuerzo en mantener una expresión y una actitud serenas. No podía volverse hacia Lucinda para decirle lo que opinaba sobre todo lo que había dicho. ¿Que su hermano era generoso? No conocía a nadie más avaro en el mundo que Armond. ¿Y Lucinda era la preferida de su padre?

Pues a juzgar por cómo la ignoraba, sus hermanas debían vivir en el más completo aislamiento. Por no decir que aquel vestido se lo había comprado con su dinero, sobre el que Armond no tenía ningún derecho.

—El señor Cook te mira de un modo muy insistente —dijo Lucinda de pronto—. ¿No te has fijado?

Elizabeth contuvo la respiración sin darse cuenta.

—¿Te refieres a Arthur Cook? —dijo desviando el tema hacia el hermano mayor—. Creo que no le caigo bien. Supongo que me observa para poder criticarme.

—No, me refería a…

—Por cierto, Lucinda, no te lo he dicho, pero hoy estás especialmente hermosa —la cortó mirándola con expresión de admiración—. El color rosa es sin duda el que más te favorece. Estar a tu lado me deja en muy mal lugar y pone aún más de manifiesto que soy una solterona sin remedio.

—Querida, no digas eso —respondió la otra con falsa compasión—. No debes mortificarte así. No todas las mujeres han nacido para formar una familia. No todas las espaldas pueden con esa carga. Probablemente habrías desfallecido de haber conseguido marido. Eres una persona débil que necesita que la protejan. Y para eso estamos tu hermano y yo. No temas, no permitiremos que nunca te falte de nada. Cuando llegue el momento, dentro de muchísimos años, espero, y tu hermano herede todas sus posesiones, nos encargaremos de ti. No hace falta que digas nada, ya sé que no necesitas mucho. Dada la vida que llevas, con el dinero que te dejó tu madre tienes más que suficiente. Pero nunca te faltará un lugar para vivir. Aunque sabiendo que estás acostumbrada a la tranquila vida que lleváis tu padre y tú en aquella enorme mansión, te advierto que vivir con tu hermano y conmigo no será tan placentero, tenemos dos hijos muy ruidosos.

Elizabeth se estremeció solo de pensarlo.

—Discúlpame —dijo sin poder aguantar más su compañía—, debo saludar a las señoritas Winterman.

—Ve, ve tranquila —dijo su cuñada. Y bajando la voz cuando se alejó susurró—: Así vas a acabar…

—Señoritas Winterman —dijo Elizabeth cuando estuvo frente a las dos mujeres—. ¿Lo están pasando bien?

—Muy bien —dijo Lavinia, la más joven—. ¡Todo está tan bonito!

Sophie, la mayor, miraba la escena con su habitual expresión severa.

—Me duelen los pies de estar tanto rato con estos zapatos —dijo—. Las bodas no deberían durar tanto.

—¡Pero qué dices, Sophie! —Lavinia miró a su hermana con sorpresa—. Es un momento trascendental para esos jóvenes y su familia. Hablas como una vieja solterona.

—Soy una vieja solterona —dijo levantando una ceja con desprecio—. ¿Y tú qué crees que eres?

—Ya sabes lo que quiero decir. Eres imposible. ¿Verdad, señorita Downton, que mi hermana es imposible?

—No metas a la señorita Downton en esto —la regañó Sophie—. ¿Quieres que Galen se enfade contigo?

—¿Por qué habría de enfadarse mi sobrino? No sabes lo que dices, Galen es un buen muchacho y nunca se enfadaría con nosotras. ¿Verdad, señorita Downton, que no se enfadaría?

Elizabeth sonrió sin responder. Siempre que estaba con aquellas dos hermanas le ocurría lo mismo, parecía que formaba parte de su conversación, pero no la dejaban meter baza. Había pasado tardes enteras sin que le permitiesen decir más que un par de monosílabos.

—¿No crees que nuestro sobrino debería ya empezar a pensar en casarse? —Lavinia lo buscó con la mirada y lo descubrió bailando con Belinda Middleton—. La hija de los Middleton me gusta mucho para él. ¿Y a ti, Sophie?

—A mí no me importa con quién se case, mientras lo haga con quien él quiera.

Elizabeth mantuvo una pose erguida y serena, sin mostrar indiferencia, pero tampoco interés.

—Yo quiero que sea tan bonita como Belinda Middleton —siguió Lavinia—. Es lo que se merece nuestro Galen. Yo me quedé muy triste cuando se marchó a vivir con su tío, el viejo Alfred. ¿Te acuerdas de Alfred, Sophie? Hubo un tiempo, señorita Downton, en que todos pensábamos que Alfred y Sophie se casarían.

—¡Lavinia! —la regañó su hermana.

—No pasa nada, Sophie, ha llovido mucho desde entonces. A nadie le importa ya.

—Me importa a mí.

—Bueno, bueno, no hablaré del tema si tú no quieres. —Lavinia guiñó un ojo a Elizabeth, que no pudo evitar sonreír.

—Habla de tu capitán todo lo que quieras —dijo su hermana, que seguía enfadada—. Cuéntale lo que te dé la gana de tus cosas, pero no hables de mí.

—¿Sabía usted que estuve a punto de casarme con el capitán Mathiew Osborn?

Elizabeth negó con la cabeza, mientras Lavinia la movía arriba y abajo asintiendo repetidamente.

—Llevábamos tres años de noviazgo y pensábamos casarnos en cuanto regresara de aquel viaje…

—Por cabezota —dijo Sophie entre dientes—, él quería casarse antes de irse, pero tú te empeñaste en esperar.

—¡No tenía todo el ajuar!

—¿Y para qué te ha servido el ajuar? ¡Deberías haberte casado entonces! ¡No te habrías convertido en una solterona!

—No, sería viuda, ya ves qué cambio más grande.

—Tú sí que eres imposible. —Sophie la miraba como si fuese estúpida—. No es lo mismo ser una solterona que una viuda, hasta tú puedes entender eso. Además, siendo viuda quizá te habrías vuelto a casar.

—Menuda tontería. —Lavinia miraba a su hermana con incredulidad mientras movía la cabeza.

—El capitán Osborn, ¿murió?

Las dos hermanas se volvieron a mirar a Elizabeth, de la que se habían olvidado por completo.

—Sí, querida —respondió Lavinia con una sonrisa—. No era muy guapo, pero era un buen hombre.

—Como si que fuera guapo fuese importante —masculló su hermana—. Te quería, eso es lo que cuenta.

—Sí, me quería.

—En el fondo tuviste suerte, hermana. No te casaste, pero él te quiso hasta la muerte.

Las dos hermanas se echaron a reír a carcajadas y Elizabeth las miró con incredulidad.

—La señorita Downton se ha escandalizado, Sophie.

—La señorita Downton aún no se ha dado cuenta de que pronto lo único que le quedará en la vida que valga la pena será la risa.

De repente sintió una profunda tristeza y tuvo que disculparse con ellas para poder alejarse. Salió a la terraza y corrió bajando las escaleras y atravesando el jardín. No paró hasta que los sonidos de la casa quedaron amortiguados por la vegetación. Por suerte había suficiente luz para que pudiese moverse sin tropezar.

Capítulo 9

—¿Qué te ocurre?

La voz de Galen a su espalda la sobresaltó y dio un respingo al tiempo que emitía un gritito contenido.

—Te he visto salir como alma que lleva el diablo —dijo el joven muy serio.

—Estaba hablando con tus tías y de repente me ha entrado una angustia insoportable.

—¿De qué hablaban?

—Del capitán Osborn, de tu tío Alfred, de lo que pudo ser su vida y…

Galen miró a su alrededor y después la cogió de la mano y la llevó hasta una zona arbolada para guarecerse de miradas indiscretas. Una vez seguro, la atrajo hacia su cuerpo y la rodeó con sus brazos tratando de darle seguridad. Elizabeth apoyó la cara en su pecho y dejó que la reconfortara.

—No tengo intención de morirme en alta mar, tranquila —dijo sonriendo con ternura.

—¿Qué pasó entre tu tío y Sophie? —preguntó apartándose para mirarlo—. Tu tío era el hermano pequeño de tu padre, ¿verdad?

Galen la miró durante unos segundos y la soltó.

—Mi tío era un hombre con poco espíritu.

Elizabeth frunció el ceño al ver que el tema lo incomodaba tanto.

—¿Alfred Cook era más joven que la señorita Winterman?

Galen suspiró y cerró los ojos un instante antes de decidirse a contarle la historia.

—Sí, Sophie es la mayor de las tres hermanas.

—¿Cuántos años se llevaban?

—Doce, creo.

Elizabeth había empalidecido, pero la luz de la luna profería a su rostro un velo fantasmagórico.

—¿Qué pasó?

—No lo sé exactamente. —Galen sabía que se movía en arenas movedizas—. Lo único que puedo decirte es que yo no soy mi tío.

Elizabeth se llevó la mano a la cabeza y se apartó de él.

—¿Cómo es posible que los dos hayáis…?

—La vida es curiosa y hace cosas extrañas —dijo él al tiempo que le rodeaba la cintura con el brazo.

—¡No! —Elizabeth se zafó de él y se apartó de nuevo.

Necesitaba pensar, aclarar el bullicio que había en su cabeza.

—Por favor, Elizabeth, no hagas esto.

—Debió pasar algo horrible para que ella esté tan amargada —siguió elucubrando en voz alta—. ¿Tu tío se marchó a América por ella?

—Sí.

—¿Su familia tenía negocios allí?

Galen negó con la cabeza antes de responder.

—Se fue sin nada. Todo lo que consiguió allí fue por su propio esfuerzo y trabajo.

—Se fue sin nada... —dijo visiblemente asustada.

—¡Basta, Lizzy! —La agarró con firmeza y la obligó a mirarlo—. No hagas esto, no me apartes cuando crees que hay un problema. Pase lo que pase, lo afrontaremos juntos. Estoy cansado de esconderme, cansado de disimular. Puedo amar a quien me plazca y tú también. Los dos somos personas libres y sin compromiso. Yo soy el pequeño de mi familia, nadie espera nada de mí. Y tú...

—Yo soy una solterona —dijo ella terminando la frase.

—Tú eres una mujer sin compromisos de ninguna clase —dijo Galen sonriendo con ternura—. Hasta que nos casemos, entonces serás mi esposa.

—¡Oh, Galen! —Se abrazó a él escondiendo la cara en su pecho—. Tengo tanto miedo de lo que pueda pasar...

—No tienes nada que temer. Yo estoy aquí y nada podrá separarme de ti —dijo mirándola con pasión.

—Eso es precisamente lo que me aterra. No sabemos qué clase de presiones recibirás...

—¿Estás dudando de mi amor por ti? —dijo soltándola.

—La gente puede ser muy cruel —siguió dejando que el veneno se extendiese—. ¿Y si dejas de verme como me ves ahora? ¿Y si consiguen que te des cuenta de que no quieres a alguien como yo?

—¿Alguien como tú?

—¡Soy diez años mayor! ¡Y siempre seré diez años mayor que tú!

Él la miraba dolido.

—¿Y crees que eso me importa? —dijo entre dientes—. ¿Cuándo has visto que eso me importe? ¿Lo percibes cuando te beso? ¿Cuando te abrazo? ¿Cuando comparto contigo todo lo que soy y lo que pienso? ¿Es entonces cuando nuestra diferencia de edad se convierte en un problema?

—Quizá un día te arrepientas. ¡Eres tan joven!

—¡Claro! ¡Dilo de una vez! ¡No confías en mí! Crees que soy poco hombre para ti.

—No digas eso.

—¿Ah, no? Eso es lo que me estás demostrando ahora mismo. Temes que no pueda resistir a las presiones, a lo que digan sobre nosotros.

—Claro que lo temo —dijo angustiada—, pero no porque crea que no eres lo bastante hombre.

Galen se dio la vuelta mientras se agarraba el cabello tratando de sentir dolor lejos de su corazón. Elizabeth se abrazó a su espalda y apoyó la cara en ella.

—Perdóname, amor mío —suplicó—. Es el miedo que tengo a perderte el que ha hablado, no era yo, no me escuches.

Galen respiró hondo, pero no se volvió, tuvo que ser ella la que lo rodeara para poder mirarlo a los ojos.

—Te juro que jamás volveré a dudar de ti —dijo con el corazón en la mirada—. Nunca volveré a decir cosas como esas.

Galen cogió su rostro y buceó en sus ojos.

—Te amaré toda mi vida, Elizabeth Downton.

Colocó una mano en su nuca y la besó en los labios. Siempre la había besado con suavidad, como una caricia, pero aquel beso era exigente y reclamaba una respuesta inmediata. Bajó la mano por su espalda y la apretó contra su cuerpo. Quería que notara su erección, quería mostrarle lo frustrado y anhelante que se sentía.

Elizabeth se aferró a su cuello sintiendo cada parte de su cuerpo. Quería sentirlo dentro de ella, saber cómo sería ser suya por completo. Ahora fue ella la que buscó su lengua y un ahogado gemido brotó de la garganta de Galen con la sangre agolpándose en su entrepierna.

—¿Soy suficientemente hombre para ti? —susurró contra su boca—. Si quieres puedo demostrarte hasta qué punto lo soy.

—Eres el único hombre que quiero —dijo mirándolo a los ojos—. Jamás desconfiaré de tu amor por mí, pase lo que pase.

La soltó como si le costara la vida hacerlo. Y, ciertamente, el dolor que sentía en cierta parte de su cuerpo evidenciaba el enorme sacrificio que le estaba costando no hacerla suya en ese mismo instante.

—Volvamos a la fiesta, quiero que todos nos vean bailar juntos.

Elizabeth se dejó llevar, con el corazón encogido y el cuerpo tembloroso.

Cuando entraron en la casa estaba sonando un vals y Galen la llevó hasta la pista sin que ella se resistiese. Venetia dio un ligero codazo a Belinda para advertirla y la joven hija de los Middleton sonrió espontáneamente porque no percibía en la señorita Downton el más mínimo peligro.

—Hacen buena pareja, ¿no crees? —le dijo Lavinia a su hermana.

Sophie miraba la escena con preocupación. Aún veía lo suficientemente bien como para darse cuenta de las sutilezas que evidenciaban los gestos de aquellos dos bailarines.

Elizabeth trató de relajarse. Nadie se estaba dando cuenta de nada, tan solo eran dos bailarines más. Pero era la resolución en el rostro de Galen lo que le impedía recuperar la tranquilidad. Sabía que no iba a dar un paso atrás, estaba dispuesto a hacer pública su relación.

—Dame un poco más de tiempo. Por favor —susurró.

Galen no dijo nada, mantuvo su seria expresión y siguió dirigiendo el baile con gran maestría. Durante los minutos que duró aquel vals, por la mente de Elizabeth pasaron toda clase de situaciones mientras trataba de prepararse para todo lo que iba a tener que escuchar. Hasta que centró su atención en el rostro de Galen. Sus ojos, azules y limpios, cuya mirada destilaba absoluta sinceridad. Su nariz afilada y firme, su fuerte mandíbula... Y sus labios, capaces de hacerle perder la razón. ¿Qué temía? ¿Que se burlasen de ella? ¿No lo habían hecho ya bastante?

Cuando terminó el baile, Galen le hizo una ligera reverencia y después se dirigió directamente al lugar en el que Malcolm Downton bebía una copa de vino con varios de sus amigos.

—Señor Downton, desearía visitarlo mañana. Debo tratar un asunto importante con usted.

—¿Un asunto importante? —El padre de Elizabeth frunció el ceño sin comprender—. ¿Conmigo?

—¿Qué le parece si voy a verlo a las diez de la mañana?

—Las diez de la mañana —repitió el señor Downton, que seguía sin comprender qué era lo que el amigo de su hijo quería tratar con él—. ¿Ha tenido usted noticias de Dexter? ¿Va todo bien?

—Es un tema que debemos hablar en privado, señor Downton.

—Está bien —dijo sin deshacerse del desconcierto que sentía—. Mañana a las diez lo espero en mi casa.

Galen se inclinó para saludar. Después se dio la vuelta y sin despedirse de nadie más abandonó la casa de los Roswell.

Elizabeth lo vio alejarse con el corazón a punto de estallarle en el pecho. Sabía por qué no se había despedido de ella, temía que lo convenciese de no hacer lo que estaba decidido a hacer.

Y, desde luego, ella lo habría intentado.

Capítulo 10

Galen llegó puntual a casa de los Downton y no aceptó el ofrecimiento de Elizabeth de tomar una taza de té en el saloncito antes de hablar con su padre. El joven se mostró inflexible y pidió al mayordomo que lo llevase al despacho en el que lo esperaba el señor Downton.

Durante los minutos que duró aquella conversación Elizabeth no se movió del sillón en el que se había sentado. Permaneció impasible, con la espalda como una tabla y las manos cruzadas sobre su regazo. Si el hecho de respirar no hubiese sido una tarea mecánica, probablemente tampoco lo habría hecho.

Esperaba que al salir Galen fuese a buscarla para contarle la reacción de su padre, pero no fue así. Uno de los criados fue a buscarla y le indicó que su padre la esperaba en su despacho para hablar con ella.

—¿El señor Cook…?

—Acaba de marcharse —dijo el criado.

—Roger —lo llamó cuando se disponía a abandonar el salón—, ¿parecía preocupado?

El criado no pudo evitar una ligera sonrisa.

—No, señorita, parecía muy tranquilo.

Elizabeth entró en el despacho de su padre y se sentó en una silla frente a su escritorio.

—Qué callado te lo tenías —dijo Malcolm Downton mirándola fijamente con las manos reposando en su prominente barriga.

Elizabeth esperó pacientemente a que siguiera hablando.

—Supongo que ya sabes a qué ha venido. Me ha dicho que sus intenciones son serias y que desea casarse contigo cuanto antes. Es un joven con un cómodo futuro gracias a su tío. Me ha hecho un detallado repaso de sus posesiones y debo decir que has hecho un buen negocio, hija. Además de ser un apuesto joven, hago hincapié en lo de joven, también te proporcionará una vida confortable. Sin lujos pero sin carencias.

—Entonces, ¿aprueba nuestra relación? —

Elizabeth no pudo aguantar más y, aunque no quería hacer la pregunta directamente para que su padre no viese lo ansiosa que estaba, al final no tuvo fuerzas para resistir.

Malcolm frunció el ceño antes de responder. No entendía por qué le costaba tanto darle el gusto. Siempre creyó que su hija se quedaría con él hasta su muerte y le daba cierto reparo darle la libertad que, a todas luces, tanto deseaba.

—Sí, hija, le he dado mi consentimiento para cortejarte. Espero que esto que has conseguido, contra todo pronóstico, no lo hayas logrado con un comportamiento indecente.

—¡Padre! —exclamó agobiada por que su padre lo hubiese pensado siquiera.

—Me alegra ver que te indigna. No hace falta que te recuerde que lo único que posee una mujer como tú es su honra. También tendrás una dote y le he comunicado el monto de la misma, aunque a él no parecía interesarle.

Elizabeth tenía que disimular su satisfacción y le costó un gran esfuerzo mostrarse calmada.

—Ya está todo dicho. —Malcolm dio por terminada la conversación y empezó a revolver los papeles de su mesa—. Tengo trabajo que hacer.

—Gracias, padre. —Elizabeth se levantó y salió del despacho tranquilamente.

Cerró la puerta con suavidad y se llevó las manos a la boca para ahogar el grito que le nacía desde el fondo de las entrañas. ¡Ya estaba hecho! ¡Iba a casarse con el hombre al que amaba! Se apoyó en la pared.

———————⊙⌘⊙———————

—¿Has dicho Elizabeth Downton? —La madre de Galen miraba a su hijo con unos ojos que parecían querer salirse de sus órbitas.

—Deseo casarme con ella cuanto antes —insistió el joven mirando a sus padres.

—¡Pero si es diez años mayor que tú! —exclamó Alma Cook horrorizada.

—Lo sé, madre. —Galen se mostraba sereno, pero su pose mostraba una firmeza aplastante—. Ya he hablado con su padre y está de acuerdo.

—¿Has hablado con él antes que con nosotros? —siguió su madre—. ¡Pero, hijo! Deberías haber esperado a conocer nuestra opinión. ¿Cómo vas a casarte con ella? ¡No podrá darte hijos! ¿Qué clase de matrimonio será si no tenéis hijos?

—No me importa nada de eso, madre. La quiero.

Su padre lo miraba con atención mientras volvían a su mente los recuerdos de un tiempo pasado. Se dio cuenta de que, sorprendentemente, había conseguido olvidar aquellos días. Pero, al escuchar a su hijo, la imagen de su hermano, sentado en aquella misma butaca y diciendo cosas parecidas a aquellas que salían de la boca de Galen, volvió con tal claridad que se le encogió el corazón. Recordó todos los errores que cometió su padre, las cosas que creyó que conseguiría con su actitud y cómo terminó aquella historia. Debía ser mucho más listo que él.

—Está bien, hijo —dijo en voz alta. Su esposa se volvió hacia él sobresaltada—. Veo que estás decidido y respeto mucho tus sentimientos. Lo único que te pido es que tú respetes también los nuestros. Si deseas casarte con Elizabeth Downton, así será. Tan solo te pido un poco de tiempo para hacernos a la idea.

Galen frunció el ceño sin comprender. ¿Tiempo? ¿Cuánto tiempo?

—Creo que la primavera será una buena fecha para anunciarlo a nuestros amigos. Podéis casaros en verano.

—Faltan más de seis meses para eso —dijo medio apesadumbrado medio eufórico.

—Estoy seguro de que la señorita Downton lo entenderá cuando se lo expliques —dijo su padre con expresión afable—. Debes darle tiempo a tu madre para hacerse a la idea de la situación. Eso repercutirá después en que haya una buena sintonía entre tu esposa y ella.

Galen miró a su madre, que había empezado a llorar cuando comprendió que su marido aprobaba el enlace.

—Está bien —concedió el joven—. Esperaremos hasta la primavera.

—Durante este tiempo debéis ser discretos —advirtió lord Cook—. La reputación de la señorita Downton debe ser sagrada para ti.

Galen asintió con la cabeza.

—Nada de demostraciones públicas ni encuentros secretos. Mantendréis un perfil bajo en vuestra relación. Amistosa, pero distante.

Galen estuvo a punto de echarse a reír. De ningún modo iba a separarse de Elizabeth durante seis meses.

—Quizá podrías marcharte a Nueva York estos seis meses y regresar para hacerlo público —dijo su padre—. Precisamente he recibido una carta de Walter Preston diciéndome que te echan mucho de menos.

Galen entrecerró los ojos poniendo su cerebro en modo detective.

—¿Walter Preston?

—Sí, hijo. El señor Preston y yo tenemos una buena amistad, ya lo sabes.

Claro que lo sabía. Walter Preston poseía uno de los más importantes bancos de inversión de América y además era un gran productor de algodón, algo que casaba muy bien con el hecho de que Everald Cook recibía una cuantiosa parte de sus ingresos gracias a las fábricas de algodón que poseía. Por ese motivo siempre aplaudió la amistad que su tío Alfred tenía con el banquero. Una amistad que, en el caso de su tío, venía de lejos y nada tenía que ver con sus inversiones.

—No tengo intención de viajar a Nueva York próximamente —dijo tranquilo—. De hecho, la próxima vez que vaya lo haré con mi esposa.

—Lo entiendo, lo entiendo —dijo su padre—. Si me das tu permiso, la próxima vez que escriba a Walter le advertiré de tu compromiso. Sé que su hija sigue suspirando por ti y no me parece justo para ella...

—La señorita Preston y yo éramos buenos amigos. Nada más, padre.

—Lo sé, lo sé. No estoy diciendo que dieses tu palabra...

—No lo hice.

—Pero estarás de acuerdo conmigo en que ella deseaba que lo hicieses.

Galen entrecerró los ojos de nuevo escrutando las señales en el rostro de su padre.

—No sé lo que pasaba por la cabeza de la señorita Preston, pero nunca hubo por mi parte el más mínimo acercamiento en ese sentido.

—Aun así, dejaré caer la noticia, si a ti te parece bien. No quisiera que Walter se sintiese ofendido de ningún modo.

—Puede decírselo cuando guste —aceptó su hijo.

—Bien. Entonces ya está todo hablado. —Everald se levantó y fue hasta el mueble en el que guardaba las bebidas—. Brindemos para celebrar la noticia.

—¡Oh! —Alma se levantó y salió del salón llorando.

—No hagas caso a tu madre —dijo su padre ofreciéndole un vaso—. Brindemos por que tengas un futuro glorioso.

—Por Elizabeth —dijo Galen levantando el vaso con elegancia.

—Por Elizabeth —repitió su padre.

111

Capítulo 11

—Pareces disgustado. —Elizabeth lo miraba preocupada.

—No quería tener que esperar más. —Galen dio una patada a una piedra, que salió volando y chocó con uno de los muros de Covent House.

Habían quedado en la mansión de los Bentham, su lugar secreto.

—Lo importante es que nuestros padres aceptan esta relación. Podemos esperar unos meses...

—No sé... Tengo la impresión de que mi padre trama algo. Ha cedido con demasiada facilidad.

—¿Esperabas que no lo hiciera?

Galen se volvió a mirarla y su expresión desvalida le hizo sentirse como un canalla. Fue hasta ella y la abrazó con ternura.

—No me hagas caso. Claro que lo han aceptado, eres una mujer maravillosa y cualquier padre estaría feliz de que su hijo te escogiera.

—No digas más tonterías, por favor.

—No son tonterías —dijo apartándose para mirarla.

—¿Cualquier padre estaría feliz? Imagino el disgusto de tu madre...

—Soy muy afortunado por tenerte.

—Y muy tonto.

Galen sonrió y todas las nubes se disiparon.

—Por ahora tendremos que seguir viéndonos a escondidas —dijo—. Y fingiendo en la iglesia los domingos.

—Y en los salones de baile —dijo ella rodeándole el cuello con los brazos y meciéndose con él en un baile sinuoso y sensual.

—Quiero que sepas que cuando baile contigo en esos salones pensaré en estos momentos. Cuando te tengo entre mis brazos así, tan cerca de mí...

La besó con ternura, con suavidad, muy despacio. Quería que sintiese cada gesto como una caricia y por eso movió su mano por su espalda en sentido ascendente. Llegó hasta su nuca y metió los dedos en sus cabellos con cuidado de no hacerle daño. Cuando se apartó la miró a los ojos, con sus cuerpos pegados sintiendo el contacto del otro. La miró durante mucho rato y Elizabeth leyó en aquella mirada todo lo que querría haber dicho con sus labios. Que la amaba, que la amaba profunda y apasionadamente. Que estaría ahí siempre para ella. Que el mundo había cobrado por fin sentido gracias a que en él estaba el otro.

—Señora Cook —susurró Galen después de un buen rato.

Elizabeth sonrió como una niña.

—Me encanta cómo suena —dijo.

Galen le apartó un mechón de pelo que se había soltado de su recogido y luego acunó su mejilla con ternura.

—El próximo verano —prometió él.

Elizabeth se abrazó a él apretando su mejilla contra el pecho masculino. Escuchando sus latidos como la suave melodía de sus sentimientos.

Covent House se convirtió en un lugar mágico para ellos. Ya no veían sus muros derruidos por el abandono, ni las habitaciones vacías o el descuidado jardín. Para ellos era un lugar maravilloso, repleto de rincones en los que besarse y en los que dejar que sus manos hablasen de emociones con caricias. A pesar de las irresistibles ganas de dejarse llevar ambos tuvieron fuerza suficiente para resistir los envites del deseo, con momentos más o menos peligrosos en los que en medio del frenesí estuvieron a punto de terminar lo que empezaron con una inocente caricia.

Durante aquellas escapadas hablaron de todo sin reservas. De cómo querían que fuese su vida, de lo que deseaban del futuro. Galen quería enseñarle el que fue su hogar durante años, quería que conociese a Humphrey y a su familia, que viese la casa de su tío y pasear con ella por sus campos de cultivo.

115

Elizabeth comprendió lo importante que era para él y le dijo que no le importaría vivir en Nueva York. Lo único que la ataba a Lakeshire era Dexter y estaba segura de que librarse de ella sería algo bueno para él. Esto lo dijo con una sonrisa y recibió una tanda de cosquillas por parte de Galen como castigo.

Pasearon por aquellas abandonadas tierras y tuvieron la suerte de no cruzarse jamás con nadie conocido, aunque hubiese momentos en los que Galen fantasease con esa idea. Quería cumplir con la promesa hecha a su padre, pero en el fondo una parte dentro de él anhelaba que todo se hiciese público e inevitable.

Llegó la Navidad y con ello la alegría de tener a Dexter con ellos. Lo llevaron hasta su lugar secreto y allí le contaron la verdad. La expresión en el rostro del joven pasó de una inmensa alegría a una clara preocupación.

—¿Tu padre está de acuerdo?

Aquella pregunta fue como un mazazo en la cabeza de su amigo. Verbalizaba en voz alta sus dudas y les daba valor y contenido.

Dexter se paseó nervioso con las manos en los bolsillos de su pantalón y ante la atenta mirada de los otros dos.

—Debéis tener cuidado —dijo acercándose de nuevo a ellos—. Sé que no hace falta que lo diga, pero no hagáis nada indebido.

—¡Dexter! —Su hermana lo miró sintiendo que el rubor teñía sus mejillas.

—Hermanita, en esto es como si yo fuese el mayor, ¿de acuerdo? Hazme caso y no me repliques. En cuanto a ti —se acercó a su amigo y lo cogió por la pechera—, no te pases de la raya o probarás mis puños.

Después de dejar todo claro, Dexter se volvió hacia la casa y sonrió.

—Así que este es vuestro nido de amor —dijo riendo—, pues espero que el futuro os depare mejores lugares.

—Veremos cómo será tu casa cuando la tengas —dijo Elizabeth caminando hacia el jardín trasero—. Nosotros al menos tenemos un roble que escalar.

Echó a correr y su hermano miró a Galen interrogador.

—¿Aún no has conseguido convertirla en una mujer como Dios manda?

—Me temo que jamás querré que sea semejante cosa.

Los dos amigos echaron a correr tras ella.

El baile más importante del año se celebraba en casa de los Cook en Navidad. Para Elizabeth aquel era el primer año, pues nunca antes había asistido, y estaba realmente nerviosa por lo que significaba realmente. Era la primera vez que vería a los padres de Galen desde que su hijo les anunció su deseó de casarse con ella. Estaba nerviosa por cómo la recibirían. En especial su madre, que estaba segura de que se había llevado un disgusto al conocer la noticia.

—Intenta dejar de temblar, hermanita —le dijo Dexter cuando subían la escalinata de la mansión de los Cook—. Muéstrate como la anciana solterona que eres.

Su hermana lo pellizcó en el brazo con disimulo aprovechando que estaba cogida a él, pero lo cierto era que aquella pulla consiguió relajarla lo suficiente como para poder saludar a los padres de Galen con aparente tranquilidad.

—Está usted preciosa con ese vestido, señorita Downton —dijo Alma Cook con una sonrisa que a Elizabeth le pareció extraña—. Nos alegra mucho tenerla aquí esta noche, esperamos que disfrute de esta Navidad como algo extraordinario... e irrepetible.

—Muchas gracias por invitarnos, señora Cook — dijo con suma cortesía en sus gestos—. Estoy segura de que será inolvidable.

—Les deseo una agradable velada —dijo Everald Cook y enseguida atendió a sus siguientes invitados.

Dexter y Elizabeth dejaron sus abrigos y entraron en el salón de baile, que ya estaba repleto de gente.

—¿Hemos llegado demasiado tarde? —susurró Elizabeth.

—No, hermanita. Ellos han llegado demasiado pronto. Vamos a por un poco de ponche, hace bastante frío aquí esta noche.

Elizabeth se quedó sin respiración al ver a Galen en un lado apartado del salón. Estaba más guapo que nunca y tenía un porte digno de un rey.

—Quita esa cara si no quieres que todo el mundo vea lo que no quieres que vean —susurró su hermano.

Elizabeth desvió la mirada rápidamente. Trataría de ignorarlo durante la noche, aunque le iba a resultar muy difícil.

—Señorita Downton. —Arthur Cook se acercó a saludarlos—. Dexter.

—Hola, Arthur. Bonita fiesta.

Arthur se colocó junto a ellos de cara a la pista en la que bailaba un nutrido grupo de personas. Arthur llevaba una copa en la mano y, a juzgar por el brillo de sus ojos, no era la primera que bebía esa noche.

—Mis padres son especialistas organizando fiestas como esta —dijo con apatía—. Aunque supongo que eso ya lo saben. No creo que haya un solo habitante en el condado que no lo sepa. Ya se encargan ellos…

—Señorita Downton, ¡que sorpresa verla aquí! —Belinda Middleton se acercó a saludarla seguida de su habitual séquito.

—Señorita Middleton, señoritas Clifford. Ya conocen a mi hermano Dexter y al señor Cook.

Las tres jóvenes saludaron a los dos caballeros con una ligera genuflexión.

—¿No baila, señorita Downton? —preguntó Venetia—. Con ese precioso vestido, flanqueada por estos caballeros, parece la princesa de algún exótico reino…

—Nunca había asistido al baile de Navidad de los Cook —dijo Fifí—. Ha sido una sorpresa encontrarla aquí.

Las tres jóvenes la miraban con evidente interés y Elizabeth temió que empezaran a hacer cábalas sobre los motivos por los que la habían invitado.

—Señorita Downton —intervino Arthur al tiempo que entregaba su copa a uno de los lacayos—, creo que ha llegado el momento de que me conceda el baile que me prometió. Está empezando a dolerme la cabeza con tanta cháchara.

La cogió de la mano y la arrastró hacia la pista. Las tres señoritas los siguieron con la mirada.

—Que hombre tan antipático, ¿verdad, señor Downton? —dijo Venetia colocándose junto a Dexter—. No debería permitir que su hermana intime con él. Todo el mundo sabe que es un recalcitrante bebedor.

Dexter buscó a Galen y sus miradas se cruzaron desde el lado opuesto del salón.

—Discúlpenme, señoritas. Debo saludar a mi amigo. —Se alejó de ellas y cruzó entre la gente para llegar hasta Galen—. Por fin.

—Ya he visto lo bien acompañado que estabas —dijo el otro con expresión divertida—. ¿Ya te has decidido por una de las dos hermanas?

—Esas dos son demasiado irritantes.

—Vaya —dijo el otro mirándolo sorprendido—. Deduzco que la señorita Middleton no te parece irritante.

Dexter disimuló durante unos segundos, pero finalmente sonrió.

—Es muy guapa —reconoció.

—Sí, lo es —reconoció Galen—. ¿Por qué está mi hermano bailando con Lizzy?

Dexter miró a su alrededor para comprobar que nadie lo había escuchado y le dio un codazo con expresión recriminatoria.

—Estamos en medio de un salón repleto de gente —dijo—. Deberías tratar de recordarlo.

—No has contestado a mi pregunta.

—Creo que pretendía salvarla de un peligroso interrogatorio.

Galen seguía con la mirada cada uno de los pasos que daba aquella inesperada pareja. No le gustaba ver a Elizabeth en brazos de Arthur. Su hermano no era de fiar. Todo el mundo sabía que era un mujeriego, no era bueno que lo vieran junto a ella. Sin embargo, Elizabeth parecía cómoda con él y su conversación parecía interesarle. Sintió una punzada en el costado, como una afilada aguja atravesándole la carne.

—O es usted mucho más inocente de lo que pensaba o le gusta mortificarse.

Elizabeth miró a Arthur Cook con expresión interrogadora.

—¿Es consciente de que esas tres jovencitas solo buscan divertirse a su costa?

—¿Y qué cree usted que debería hacer al respecto?

—No lo sé. ¿No soportarlo, quizá?

—¿Y cómo podría evitarlo? Las normas de educación no me permiten...

—Ah, claro. Es usted una perfecta dama —dijo con sarcasmo—. No me sorprende que mi hermano...

Elizabeth miró a su alrededor asustada y Arthur no terminó la frase. Durante unos segundos bailaron en silencio. El hermano de Galen con expresión de fastidio, y Elizabeth deseando que acabase la música.

—¿Qué opina de la Navidad, señorita Downton? —preguntó Arthur con aparente interés.

—Pues creo que son unos días mágicos.

—¡Oh! Para mí, en cambio, son unos días aburridísimos en los que la gente se empeña en que asistas a comidas a las que no quieres ir y cenas en las que no quieres estar.

—Siento que piense así.

—¿Por qué lo siente? —dijo ahora con manifiesta curiosidad.

—Es usted el hermano de Galen —susurró.

—¡Ah, ya veo! —dijo él en el mismo tono—. Piensa usted unirse al club de los Cook.

La mirada de Elizabeth lo atravesó como una espada.

—Cuidado, señorita Downton, con esa mirada podría matar a alguien sin querer. —Sonrió—. Siento desilusionarla, pero en cuanto haya asistido a un par de cenas familiares en las que ya no sea una extraña descubrirá la verdadera cara de los Cook. —Se inclinó para hablarle al oído—. Venga pertrechada con una buena cota de malla si no quiere que la atraviesen con sus afilados colmillos.

Elizabeth lo observó ahora con otros ojos. Había algo en él, algo trágico. Tenía la mirada de un perro abandonado y la rabia contenida de un amante despechado.

—¿Por qué no se ha casado, señor Cook? —preguntó con atrevimiento—. Es usted el primogénito de su padre, algún día heredará todas sus posesiones...

—Qué honor, ¿verdad? —Arthur Cook no rehuyó su mirada—. ¿Qué pensaría si le dijese que desearía no ser el primogénito de los Cook? Más aún, ¿qué pensaría si le dijese que desearía ser el hijo de un herrero?

Elizabeth sonrió como si lo hubiese dicho en broma.

—Diría que se nota que nunca ha tenido usted que trabajar en una herrería, señor Cook.

El hermano mayor de Galen la miró con fijeza. Ya no había humor en sus ojos, sus labios no sonreían. Durante unos segundos bailaron sin dejar de mirarse. Elizabeth comprendió que había una pena honda y amarga nadando en aquella mirada.

—Señor Cook... —susurró.

—No sufra por mi soltería, puede estar segura de que mi padre tiene elegida a la mujer que será para mí y que yo acataré su voluntad en cuanto me lo ordene, por mucho que me pese. Ya lo ve, señorita Downton, al contrario que mi hermano yo soy un completo cobarde.

Arthur la soltó y la dejó en medio de la pista de baile con una apresurada disculpa. Galen, que los estaba observando, hizo ademán de ir con ella, pero Dexter se le adelantó y rescató a su hermana finalizando el baile con ella.

Capítulo 12

—Tienes que comer más —dijo Galen rodeándola con sus brazos—. Estás muy delgada.

Estaban dentro de las cuadras de los Cook. Habían estado los tres cabalgando y Dexter se había escaqueado de cepillar y alimentar a su caballo argumentando que él estaba hambriento, que los esperaba en la cocina de los Cook y que así los dejaba un rato solos.

—Me moría por tenerte así —dijo Galen acunándola—. Te echo de menos.

—¡Si nos vemos todos los días! —dijo Elizabeth riendo.

—Sabes lo que quiero decir…

Se apartó de él mirándolo con expresión de falso enfado.

—Estoy muy contenta de que Dexter esté aquí.

—No quería decir… Sabes que es mi mejor amigo.

Ella le rodeó el cuello con los brazos y se echó a reír.

—Tendrías que verte la cara.

—Serás…

Elizabeth lo besó con ternura deleitándose con la suavidad de sus labios. Galen era como arcilla en sus manos.

—En unos meses serás mi esposa —susurró él sin separarse apenas—. No sé cómo podré soportar tanta felicidad.

Elizabeth sonrió y se apartó decidida.

—Podríamos celebrar la boda aquí —dijo dando vueltas sobre sí misma—. Hay mucho espacio, tan solo tendríamos que limpiar un poco, pero habría sitio para poner algunas mesas...

—Estás loca. Si le digo a mi madre que celebre la boda de su hijo en este lugar le da un infarto.

—Aquí podríamos poner la pista de baile. —Le hizo un gesto para que se acercase y Galen la cogió de la cintura y tomó su mano mientras ella tarareaba un vals.

Bailaron durante algunos segundos sin dejar de mirarse y siguieron bailando a pesar de que Elizabeth había dejado de cantar.

—¿Te gustaría que comprase esta casa para nosotros? —preguntó Galen mirándola con intensidad—. Podría hacer que la arreglasen y vivir aquí...

Elizabeth negó con la cabeza.

—Tú quieres volver —dijo con una tierna sonrisa.

—¿Volver?

—A Nueva York.

Galen se detuvo y la soltó con expresión desconcertada.

—¿De qué hablas?

—No me importa —dijo Elizabeth con ternura—, viviría en cualquier sitio siempre que fuese contigo.

—Pero yo no he dicho…

—Sé que no lo has dicho, pero te conozco, Galen Cook, no olvidas aquella tierra. Allí fuiste feliz.

—Pero jamás te obligaría a vivir lejos de los tuyos.

Elizabeth le rodeó el cuello con los brazos.

—El único que me echará de menos es Dexter —dijo sonriendo—, pero mi hermano tiene que hacer su vida. Sé que lo entenderá. Además, podrá venir a visitarnos.

Galen la cogió de la cintura y la levantó del suelo.

—¡Cómo te quiero! —gritó sin parar de dar vueltas con ella, mientras Elizabeth reía a carcajadas.

—¿Qué estáis tramando? —preguntó cuando regresaban a casa, mirando primero a uno y luego al otro, después de que le anunciaran que al día siguiente tenían que ir a Londres.

—Necesito que Dexter me ayude con un asunto que no te incumbe —dijo Galen muy serio—. Volveremos pasado mañana, de manera que tendrás que pasar un par de días sin nosotros.

—¿Ya sabrás qué hacer, hermanita?

—Sabes de sobra que no os necesito para entretenerme —dijo y acto seguido le sacó la lengua.

—Galen, ¿has visto eso? —Dexter puso cara de horror—. En cuanto os caséis vas a tener que meterla en cintura.

Elizabeth miró a los dos jóvenes preguntándose qué había hecho para merecer tanta felicidad.

Antes de salir de casa para ir a visitar a las familias pobres de Lakeshire recibió una nota de lord Cook convocándola para esa tarde en su casa a la hora del té. Dejó la nota en el mueble de la entrada, cogió el cesto y salió de casa pensando en aquella nota. ¿Para qué querían verla los padres de Galen? Sintió pánico al pensar en estar con ellos a solas. ¿Podía negarse acaso? ¿Qué excusa podría dar que resultase creíble? Ojalá Galen estuviese allí. Quizá querían hablar sobre el modo en que se haría pública la relación. O indagar acerca de su dote. O quizá querían averiguar si había algún modo de que desechase aquella peregrina idea de casarse con su hijo.

—¡Señorita Downton, no entre! —La señora Lyme salió de la casa y la miró con expresión asustada.

—¿Qué ocurre? —Elizabeth se acercó a ella con preocupación.

—La pequeña Elihu está enferma. *Tié* mucha fiebre y apenas abre los ojos.

—Vamos dentro —dijo Elizabeth cogiéndola del brazo y entrando tras ella en la casa, a pesar de sus protestas.

El aire estaba enrarecido, las ventanas estaban cerradas y el olor de los que allí vivían junto con el calor que aún hacía, se concentraban en la pequeña estancia.

—Abra las ventanas, hay que airear esto — ordenó.

Se acercó a la cama y se sentó junto a Elihu. Al tocar su frente comprobó que estaba ardiendo.

—Traedme un barreño con agua del pozo —les dijo a los dos muchachos, que la observaban con curiosidad—. Y vosotras, traed un paño limpio.

Destapó a la niña y empezó a revisar su cuerpo. Brazos, piernas y tronco. Al moverla, la pequeña gimió con dolor. Los hermanos de Elihu entraron con el cubo de agua y lo dejaron junto a la cama. Elizabeth sumergió en el agua fría el paño que habían traído las dos niñas y lo colocó en la frente de la pequeña.

—Hay que bajarle la fiebre —dijo mirando a la madre—. ¿Ha tosido?

La señora Lyme negó con la cabeza.

—Estuvo jugando con sus hermanos, como *tos* los días, y haciendo *trastás*. Me despertó por la noche porque le dolía mucho la cabeza y tenía ganas de *vomitá*.

129

—Ven, Giles —dijo haciéndole un gesto con la mano al hermano mayor—. Sujeta el paño en la frente de tu hermana y cuando se caliente le das la vuelta.

El niño obedeció sin protestar y ella continuó revisándole el cuerpo. Debía haber algo, sin lugar a dudas, algo que provocaba aquella fiebre.

La pequeña Elihu gemía cada vez que la movía y Elizabeth miró el rostro pálido de la niña y recordó cómo solía ir corriendo a recibirla siempre que iba a visitarles.

Sus bracitos caían ahora a ambos lados de la cama, inmóviles y febriles como el resto de su cuerpo.

—¿Recuerda las hierbas que le traje la semana pasada? —preguntó Elizabeth dirigiéndose a la madre de la niña—. Prepare una infusión con dos cucharadas en una taza. Le haremos beber eso.

—No toma nada…

—Lo tomará. —La señora Lyme se fue a la cocina, agradecida por tener algo que hacer.

Entonces la vio bajo la axila, una herida infectada. Le levantó el brazo y la niña empezó a llorar. La herida se abrió y empezó a supurar. La señora Lyme se acercó y miró horrorizada aquella lacerante masa de pus.

—¡No lo había visto!

—El brazo lo ocultaba —explicó Elizabeth arremangándose—. Hay que lavarle bien la herida para desinfectarla.

La madre de la pequeña no pudo evitar el gesto y la abrazó.

—Gracias, señorita Downton. Que Dios se lo pague con un buen marido.

Elizabeth estuvo a punto de echarse a reír, pero se contuvo porque estaba segura de que la señora Lyme no lo entendería.

—Siéntese, señorita Downton.

Everald Cook se sentó frente a ella en el sillón de orejas que presidía aquella estancia, por su imponente factura y lujosos acabados.

—¿Le apetece una copita de jerez? —preguntó solícito.

—No, gracias. —Elizabeth estaba muy incómoda con la situación. Una voz interior le gritaba que se marchara de allí antes de descubrir lo que lord Cook deseaba decirle.

—Se preguntará el motivo por el que la he citado precisamente hoy que Galen está en Londres.

Elizabeth se mantuvo callada y expectante. Agarraba con fuerza innecesaria el delicado sombrero que reposaba sobre su falda dispuesta a escuchar cualquier cosa que tuviera que decirle, con la firme determinación de no dejarse manipular.

—Empezaré por hacerle una sencilla pregunta y quiero que piense bien en la respuesta —dijo lord Cook—. ¿Hay algún modo de que usted rompa el compromiso con mi hijo por voluntad propia? Estoy dispuesto a ofrecerle cualquier cosa que me pida, siendo razonable, claro.

Elizabeth se esperaba aquello y no movió un músculo antes de responder. Se mantuvo en la misma pose erguida y orgullosa con la que miraba a aquel hombre eminente.

—No —respondió rotunda.

—No es lo que deseaba, pero reconozco que me esperaba esa respuesta. Para usted un matrimonio con Galen es todo un logro, es normal que no quiera renunciar a él.

Elizabeth trató de no mostrar de modo alguno que se sentía ofendida por sus palabras. Ahora que ya sabía cuál era el motivo de aquella reunión tenía claro que iba a tener que escuchar cosas mucho peores que aquella. Curiosamente, lo que más le preocupaba era el dolor que esa actitud, por parte de sus padres, iba a causarle a Galen y se juró a sí misma que intentaría por todos los medios protegerlo de ellos.

—Personalmente no tengo nada contra usted, señorita Downton. Sé que mi esposa está disgustada con el hecho de que Galen haya escogido a alguien tan mayor como usted, discúlpeme por mencionarlo, pero lo hago para que entienda que ese detalle me es del todo indiferente. Lo que quiero decir es que si usted tuviese diez años menos, la situación sería exactamente la misma. Aun así, reconozco que la edad puede ser una excusa perfecta para que rompa su compromiso con mi hijo sin que él sospeche que hemos mantenido esta conversación. Pero de eso hablaremos después.

—A su hijo no le importa mi edad y a mí no me importa la suya —dijo rotunda—. No creo que eso le sirva de nada.

A Elizabeth le temblaban las piernas y tenía un nudo en la garganta, pero sentía una fortaleza que nacía de la absoluta certeza de sus sentimientos.

—Entiendo. —Everald sonrió mostrando una expresión de tranquilo desprecio—. Creo que yo sí tomaré una copa, me da la impresión de que esta conversación me llevará más tiempo del que esperaba.

Se levantó, fue hasta la mesa de bebidas y se sirvió un whisky. Después volvió a sentarse en el mismo sillón y bebió un par de sorbos antes de dejar el vaso en la mesita auxiliar que había a su lado.

—Dígame una cosa, señorita Downton, ¿se considera usted una persona compasiva?

Elizabeth frunció el ceño, desconcertada.

—Sí —dijo rotunda.

—Eso pensaba. Sé que yo voy a parecerle cruel y despiadado, pero este es el papel que me corresponde en esta historia y le advierto que no me temblará el pulso a la hora de ejecutarlo con maestría. —La mirada de lord Cook no dejaba dudas al respecto—. No utilizaré subterfugios que le permitan creer que tiene opciones, señorita Downton. Que usted y Galen no van a casarse jamás es un hecho irrefutable y espero que lo asimile cuanto antes y me ahorre tener que hacerle más daño del absolutamente imprescindible.

Elizabeth le sostuvo la mirada y apretó los labios para controlar el imperceptible temblor en la comisura de su boca. Everald Cook suspiró como si se diese por vencido.

—Está bien, como desee. Voy a proporcionarle una información que podría perjudicar a varias personas por las que siento un gran aprecio. Apelo a su buen juicio, y a esa compasión por la que le preguntaba, para pedirle que mantenga dicha información a buen recaudo el resto de su vida. Lo contrario sería catastrófico para esas personas.

El nerviosismo inicial en el corazón de Elizabeth caminaba decidido hacia el pánico más profundo.

—Voy a contarle una historia que tiene que ver con mi hermano Alfred. Seguro que Galen ya le ha hablado largo y tendido sobre su tío.

Elizabeth asintió con la cabeza.

—Entonces sabrá que el bueno de Alfred se enamoró de mi cuñada, la señorita Sophie Winterman. —Esperó a que Elizabeth dijese algo, pero ella se limitó a seguir mirándolo en silencio—. Se conocieron aquí, en esta casa. No entraré en

134

detalles que no vienen al caso y que tan solo servirían para alargar innecesariamente esta incómoda reunión. Trataré de resumirle la historia sin dejarme nada importante. Cuando Alfred explicó que pensaba casarse con Sophie, nuestro padre no reaccionó como él esperaba. Mi hermano creía que, siendo el pequeño, podría hacer su santa voluntad, pero nuestro padre había planificado muy bien el futuro de sus dos hijos. —Hizo una pausa para dar otro trago y al dejar el vaso sobre la mesa lo giró varias veces sobre sí mismo antes de continuar—. Mi padre había decidido que Alfred se casaría con lady Margaret Simons, duquesa de Riverall. A nuestro padre le gustaba tenerlo todo bien controlado, mi hermano debería haberse dado cuenta, pero era despreocupado y siempre había hecho lo que le había dado la gana. A mí me tocó el papel de heredero, continuaría con el legado familiar administrando y gestionando las posesiones de los Cook, y mi hermano proporcionaría un título a la familia. Aún recuerdo su cara cuando mi padre se lo dijo. Ni siquiera se le pasó por la cabeza la idea de aceptar. Así era Alfred, un testarudo e irremediable egoísta. —Había desprecio en su voz—. Yo tuve que casarme con Alma Winterman, que ni siquiera me gustaba, pero él dijo que no a toda una duquesa, una mujer bellísima, para casarse con la insulsa de mi cuñada, ¿puede creerlo? Así era Alfred.

Elizabeth no pudo disimular una ligera sonrisa de desprecio. Se compadecía de él por ser un hombre con tan poca personalidad, capaz de despreciar a su hermano por hacer algo para lo que él no tuvo agallas.

—Mi padre había ayudado a mi suegro a solucionar un problema económico grave poco después de mi boda con su hija. Un problema que lo habría llevado a la cárcel si se hubiese descubierto. De haber sabido lo que había hecho, mi padre jamás habría permitido que yo emparentase con esa familia, pero entonces ya estaba hecho y la única opción que tuvo fue tapar el problema con su dinero. Por supuesto, mi padre era un hombre precavido y muy inteligente, así que se guardó pruebas de ello por si alguna vez necesitaba utilizarlas.

—Dios mío —susurró Elizabeth.

—Como comprenderá, cuando mi padre habló con Sophie y le expuso la situación ella no tuvo más remedio que romper su compromiso con mi hermano. Nunca hubiese podido ser feliz sabiendo que ella era la causante de que su padre fuese a la cárcel. Pero ocurrió algo con lo que mi padre no contaba: Alfred se marchó para siempre sin decir a dónde.

Lord Cook se levantó de nuevo para rellenar su vaso antes de continuar. Elizabeth tenía los pies fríos, era como si una corriente de aire congelado hubiese entrado por debajo de la puerta

—Dos meses después de la marcha de mi hermano, Alma descubrió que Sophie estaba embarazada —dijo al volver a sentarse—. Espero que usted no haya cometido semejante error. Veo por su expresión que la he ofendido, discúlpeme, no era mi intención. Pero ya ve que Sophie no fue tan decente como usted. La cuestión es que, embarazada y soltera, se presentaba ante ella un negro futuro. Por suerte mi esposa, como la mujer práctica y astuta que es, encontró una solución para tan grave problema. Cuando estuvo embarazada de nuestro hijo Thomas se encontró delicada de salud y decidió pasar el embarazo en nuestra casa de la costa. Siempre le gustó el mar. Así que utilizó el mismo argumento y le dijo a todo el mundo que volvía a estar embarazada y que se llevaba a Sophie para no estar tan sola.

El rostro de Elizabeth estaba tan pálido que se le adivinaban algunas venas bajo la piel.

—Como ya habrá adivinado…

—No lo diga, por favor —lo interrumpió sin poder contenerse.

—…Galen es un niño ilegítimo que obtuvo su dignidad de mi apellido. ¿Entiende a dónde quiero ir a parar?

—No puede ser tan cruel.

—¿Cruel? Está en su mano que esto no se sepa nunca, señorita Downton. Lo único que tiene hacer es lo que hizo Sophie. Ella fue capaz de pensar en el bien de su hijo y renunció a todos sus derechos sobre él. Yo no quiero hacer pública la verdad y destrozar la vida de ese muchacho y la de... su madre. Solo usted tiene la llave de esa puerta.

Elizabeth se llevó la mano a la boca para ahogar un sollozo, pero no pudo retener las lágrimas que se agolparon en sus ojos.

—Al igual que mi padre yo tengo planes para mi hijo. Sé que la hija de Walter Preston está prendada de él. Walter Preston, por si no lo sabe, es dueño de uno de los mayores bancos de inversión de América y uno de los mayores productores de algodón. El señor Preston ve con muy buenos ojos la posibilidad de una boda entre su hija y Galen, por el que siente un gran aprecio. Como comprenderá, no voy a rechazar una alianza tan fructífera para mí.

Elizabeth comprendió a dónde iba a parar. La familia Cook poseía varias fábricas de algodón.

—Veo en su cara que ya se le van aclarando las ideas, señorita Downton. —Terminó el contenido de su vaso y la miró con cierta simpatía—. Como ve, mis planes no buscan perjudicar a mi hijo, sino beneficiarnos a ambos. Esa boda es lo mejor para él y, sí, también para mí. Ya ha visto que Galen no se adapta a vivir en Inglaterra, le molestan nuestras costumbres y nuestra manera de hacer las cosas. Tarde o temprano la odiaría por atarlo a este país o la arrastraría con él a un lugar en el que siempre sería una extraña. Será más feliz regresando a Nueva York y estoy seguro de que una vez regrese a su vida anterior conseguirá olvidar todo esto. Me consta que Madeleine Preston es una jovencita encantadora y muy bella. Tan solo tiene diecinueve años.

Elizabeth se levantó y Everald Cook la imitó.

—Señorita Downton —dijo mirándola por primera vez sin ironía ni impostura—. Sé que ahora mismo piensa que soy un hombre cruel, pero tan solo soy un padre que se preocupa por el futuro de sus hijos. Si usted hubiese tenido la oportunidad de experimentar la maternidad lo entendería. Lo que le he dicho al principio de esta conversación es cierto, no le deseo ningún mal. Creo que es usted una persona honorable y decente, digna de respeto y admiración. Ojalá sus circunstancias económicas fuesen otras. Ojalá yo pudiese valorar sus capacidades de manera más satisfactoria. Espero que algún día pueda mirarme sin rencor y no dude en pedirme cualquier cosa que necesite en el futuro. Esto debe acabar cuanto antes. Le doy una semana.

Elizabeth lo miró con tristeza.

—Lo compadezco —dijo—. Debe ser espantoso ser usted. Sí, es un hombre cruel e injusto que se escuda en no sé qué valores para destruir a quienes debería amar, y estoy segura de que no es la primera vez que lo hace. Pero ¿sabe lo que eso refleja? Lo absolutamente solo que está. El poco amor que ha recibido en su vida…

El rostro de Everald Cook enrojecía de ira por momentos y sus puños se cerraron amenazadores.

—Veo en su rostro que he dado justo en la diana —dijo Elizabeth limpiándose las lágrimas—. Le auguro una larga y penosa vida recordando a alguien a quien quizá pudo amar, pero que no correspondió a ese amor. O quizá fue usted tan cobarde que no se atrevió a luchar por ella y aún le tortura su recuerdo. Viendo la persona que es ahora, esa mujer fue muy afortunada.

Everald la agarró del brazo y la atrajo hacia sí mirándola a los ojos con tal violencia que Elizabeth se estremeció de terror.

—Esa mujer de la que habla tan alegremente fue su madre, señorita Downton. Jenie Elzer fue la mujer a la que abandoné para casarme con Alma Winterman, porque eso es lo que hacen los hombres de mi posición: se casan con mujeres dignas de llevar su apellido. Y su madre no lo era. —Su boca destilaba veneno y sus ojos echaban chispas—. La abandoné sin mirar atrás cuando mi padre me explicó la situación. Y si mis hijos no fueran unos pusilánimes, habrían hecho lo mismo.

Elizabeth se tambaleó cuando la soltó de golpe, empujándola hacia la puerta.

—¡Quítese de mi vista! —gritó el hombre.

Elizabeth salió rápidamente y se sobresaltó al encontrar a Arthur parado frente a la puerta. El hermano de Galen la miró con una fría expresión y Elizabeth se alejó de él como alma que lleva el diablo. Una vez en el exterior de la casa sintió que los sollozos arreciaban y echó a correr buscando alejarse de allí lo más rápido posible. Se adentró en el bosque y corrió sin descanso hasta que le faltaron las fuerzas y las lágrimas nublaron por completo su visión.

Buscó el apoyo de un árbol cercano y se agarró a él tratando de serenar su estómago, pero la angustia crecía y no encontraba alivio en ninguno de sus pensamientos. ¿Qué iba a hacer? ¿Qué podía hacer? Apoyó la espalda en el árbol y elevó la mirada al cielo pidiendo ayuda. Era un trago demasiado amargo y no se creía capaz de apurarlo.

—Yo la ayudaré. —Arthur Cook estaba parado en medio del camino. También había corrido para llegar hasta allí, su respiración agitada lo evidenciaba.

Elizabeth lo miró como si no comprendiese su lenguaje.

—La ayudaré a apartar a mi hermano de su lado —dijo acercándose—. He escuchado todo lo que mi padre le ha dicho. Le supliqué que no hablase con usted. Le pedí que dejase a mi hermano fuera de esto…

Elizabeth cayó de rodillas al suelo y se tapó la cara con las manos sollozando con desesperación. Arthur Cook se arrodilló junto a ella, pero no la tocó. Se le partía el corazón de ver el dolor que sentía aquella mujer, pero aún le hacía más daño saber lo mucho que iba a sufrir Galen.

—Odio esto —dijo el mayor de los Cook—, pero no dejaré que lo destruya para castigarlo. Lo siento, señorita Downton, sé que esto es una absoluta e injusta crueldad, pero lo otro sería aún peor.

Elizabeth levantó la mirada y asintió repetidamente al tiempo que trataba de limpiarse las lágrimas que no dejaban de caer.

—Lo sé, lo sé —dijo sollozando—, lo mataría...

—Y no podemos olvidar a tía Sophie...

Elizabeth asintió de nuevo.

—No me creerá —dijo con la voz entrecortada—, lo verá en mis ojos.

—Yo la ayudaré.

—¿Cómo?

—Pensaremos en algo. Algo que lo haga apartarse de usted, algo que la arranque de su corazón de cuajo.

Elizabeth empalideció horrorizada.

—Escúcheme, señorita Downton. Sin sufrimiento no habrá ruptura y debe romper con él si no quiere destruirlo. Su vida se derrumbará si se descubre la verdad, aquí y en América. Por desgracia eso es igual en todas partes.

—¿Y qué quiere que haga?

—Usted no hará nada. Yo la besaré delante de él y usted no me rechazará. Con eso será suficiente. Yo hablaré con él, le haré creer que...

—¡Un puñal directo al corazón! —sollozó Elizabeth.

—Debe pensar en él. En los motivos...

142

Elizabeth se levantó del suelo presa de una extraña furia.

—¿Qué clase de familia es esta? —se preguntó—. El padre amenaza a un hijo y el otro hijo urde un plan tan maquiavélico.

Arthur la miró ofendido.

—Pensé que comprendería mis intenciones, pero si no quiere mi ayuda me apartaré. Le aseguro que este no es un plato de gusto para mí. —Se dirigió hacia el camino dispuesto a marcharse.

—¡Espere! —lo detuvo corriendo hacia él—. Tiene que haber otro modo…

—Estoy dispuesto a escuchar cualquier idea, pero no olvide que solo tiene una semana.

Elizabeth se movió de un lado a otro elucubrando y buscando en su mente cualquier estrategia válida que causase el menor daño posible. Después de unos minutos suspiró.

—Si ocurriera de repente no lo creería, se daría cuenta de que hay algo oculto. Es demasiado inteligente para dejarse engañar por un plan tan burdo —dijo.

—¿Qué sugiere entonces?

—Deberá ver detalles…

Arthur asintió.

—La acompañaré a casa y diseñaremos una estrategia.

Elizabeth volvió a sentir aquella angustia que oprimía su estómago y se alejó de él para vomitar.

143

Capítulo 13

—¿Qué hacéis aquí?

Galen miró a Elizabeth sorprendido de encontrarla en las cuadras junto a su hermano.

—Arthur me la ha regalado —Elizabeth acariciaba a la yegua con expresión incómoda—. Siempre me dice que el caballo que me diste no era adecuado para alguien tan pequeño como yo.

Galen los miraba sin comprender la escena. Desde que Dexter y él regresaron de su viaje a Londres Elizabeth se había comportado de un modo extraño. Desaparecía sin decir a dónde iba, se olvidaba de que habían quedado... Se mostraba esquiva y nerviosa, como si algo la preocupase, pero por más que preguntaba jamás le daba una respuesta.

Galen miró a su hermano con mirada interrogadora. ¿Por qué era tan amable con ella? De repente vinieron a su mente decenas de comentarios que había hecho Elizabeth durante esa semana refiriéndose a algún hecho relacionado con Arthur y otros tantos que había escuchado de boca de su hermano durante las cenas en familia, que tenían como protagonista a Elizabeth. Sintió que se le ralentizaba el corazón.

—Espero que no te moleste, hermano —dijo Arthur muy metido en su papel—. Convendrás conmigo en que esta yegua es mucho más apropiada para ella. Es paciente y tranquila, pero al mismo tiempo tiene una gran resistencia física.

—No hay duda de que es un buen ejemplar —dijo Galen apesadumbrado.

Elizabeth giró la cabeza centrándose en el animal para que él no pudiese ver en su semblante lo mucho que estaba sufriendo. Durante toda la semana había estado evitando que se quedaran a solas. Una vez fue un imprevisto con un vestido, otra la partida de Dexter a la universidad, y por último un falso achaque de su padre. La única vez que no pudo evitar que fuesen hasta Covent House ella se mostró distante y pensativa provocando cierto desasosiego en la mente del joven. Desasosiego que acababa de llegar a su punto más álgido en ese instante.

El anillo que había ido a comprar a Londres con Dexter descansaba impaciente en un cajón de la cómoda de su cuarto. Galen había estado dándole vueltas para elegir el mejor momento para entregárselo, pero dadas las circunstancias prefirió esperar a que las cosas volvieran a la normalidad.

Arthur se inclinó hacia Elizabeth y susurró algo que provocó una nerviosa risa en ella. Galen no sabía cómo actuar ni qué decir. La angustia hizo presa de su ánimo y sintió que la cabeza le iba a estallar.

—¡Elizabeth! —gritó.

Ella se volvió a mirarlo asustada. La fingida sonrisa se convirtió en una mueca fruto de la tensión en la que vivía por tener que disimular sus verdaderos sentimientos, pero esa expresión actuó en favor de su maquiavélico plan al hacerla parecer perversa.

—¿Qué está pasando aquí? —preguntó Galen con la voz ronca y contenida.

Arthur hizo ademán de hablar, pero Elizabeth le hizo un gesto para que no dijese nada.

—Será mejor que te vayas —dijo Galen mirando a su hermano—. Esta es una conversación privada.

—No —dijo Elizabeth rotunda. Sabía que no lo conseguiría si se quedaba a solas con él—. Él se queda.

Arthur la agarró por la cintura y la atrajo suavemente. Galen estaba completamente pálido, con un rostro que mostraba la más absoluta desolación.

—Lo siento, Galen —dijo Elizabeth con los ojos llenos de lágrimas—. Ojalá pudiese evitarte este mal trago de algún modo, pero no puedo.

Arthur comprendió que había elegido ser sincera con sus sentimientos, a pesar de que la información que diese pudiera ser malinterpretada. Se suponía que Galen debía encontrarlos besándose, así lo había planeado él con meticulosidad. Pero no le sorprendió que ella cambiase los planes, sabía que Elizabeth no quería hacerlo de ese modo.

—No ha sido premeditado —dijo Elizabeth con la voz rota—. Yo no quería que pasara esto. Ninguno de los dos quería…

Galen miró a Arthur con desprecio.

—Ya me parecía extraño verte sobrio tantos días.

—Galen, lo siento —dijo Arthur, manteniendo su fría actitud.

De pronto el rostro de Galen cambió. Fue como si una masa pétrea cayese sobre su rostro y lentamente fuese transformándolo en mármol. Elizabeth sintió que el pánico la embargaba y la desesperación apretaba su garganta como una afilada garra. Se tapó la cara con las manos y rompió a llorar desconsolada. Arthur la abrazó y miró a su hermano con tristeza.

—No es necesario que os hagáis más daño, hermano, es mejor que te marches.

—¿Me llamas hermano mientras me traicionas? —

Su voz sonaba ahora demasiado calmada.

—Lo siento —dijo Arthur con expresión sincera—, ojalá pudiera evitarte este amargo trago, pero las circunstancias…

—Deberías decir lo mucho que la amas, pero hablas de circunstancias…

Elizabeth seguía llorando y Arthur no sabía qué más podía decir.

—Está bien —aceptó con serenidad—. Solo necesito una cosa y me marcharé para siempre…

Se acercó a ellos e ignorando a su hermano agarró a Elizabeth por los brazos y, con firmeza, la obligó a mirarlo.

—¿Quieres que salga de tu vida?

Elizabeth deseó que el suelo se abriese bajo sus pies y asintió lentamente con la cabeza.

Galen escuchó los chasquidos de su corazón haciéndose pedazos. Se dio la vuelta y caminó hacia la casa, con paso decidido y el espíritu lúgubre de un condenado.

Elizabeth y Arthur lo observaron hasta que desapareció.

—La acompañaré a casa —dijo él.

Elizabeth levantó las manos para detenerlo y sin decir nada echó a correr por el camino de Tilford Hall.

El hijo mayor de los Cook fue hasta su caballo y se subió a él de un salto, lo sacó de la cuadra y lo puso al galope en cuanto enfiló el sendero. Tenía que alejarse de allí, si entraba en su casa y veía el rostro satisfecho de su padre no sería capaz de contenerse. Esta vez, no.

Galen compró un pasaje para Nueva York y en pocos días emprendió el regreso a su anterior vida. Se marchó con el corazón destrozado y el alma enferma de muerte. Pasó los días posteriores al descubrimiento de aquella vil traición como un león enjaulado, temiendo encontrarse con su hermano y deseándolo al mismo tiempo.

Durante días Elizabeth no salió de casa. No comía y tampoco dormía. Se paseaba por los salones en penumbra mientras todos descansaban. Era como un fantasma cumpliendo su penitencia.

Quizá por eso, cuando supo que Galen se había marchado sintió cierto alivio. Dentro de su inmensa tristeza al menos podía aferrarse a la esperanza de que lejos de ella podría curar sus heridas y olvidarla. Olvido, qué palabra tan aterradora.

Empezó a salir a la calle y volvió a comer. Las noches seguían siendo escalofriantes porque cuando conseguía dormir los sueños la torturaban con vivencias pasadas. Entonces volvía a sentir sus caricias, percibía en los labios el sabor de su boca y se despertaba con el dolor lacerante que provocaba saber que lo había perdido.

Los días pasaron y las semanas los sucedieron. Llegó de nuevo el verano y con él el consuelo del regreso de Dexter. Un regreso que se vio truncado por las noticias que llegaron a Tilford Hall de la ciudad.

—¿Estás segura de lo que haces? —Su padre la miraba con temor—. ¿No temes contagiarte?

150

—Dexter está en el hospital y quiero estar con él —dijo y se subió al coche.

—Tráelo sano y salvo —pidió Malcolm acercándose a la ventanilla—. Trae a mi hijo.

Elizabeth asintió y el cochero puso el vehículo en marcha.

—Señorita Downton, tiene que descansar. —El doctor White la miraba simulando una expresión severa, aunque no le salía muy bien.

Henry White era un joven médico, apuesto y con una gran personalidad. En la semana que Elizabeth llevaba ayudando en el hospital lo había visto en toda clase de situaciones, desde abroncando a una enfermera inepta hasta abrazando a otra que lloraba exhausta después de que se le muriera una pequeña en los brazos.

—Lo haré, no se preocupe —concedió Elizabeth—. Esta noche dormiré en mi hotel.

El médico la miró como se mira a un niño que dice que no va a comerse la chocolatina que aprieta en su mano.

—Hay una cama libre y limpia en la sala tres, vaya allí y duerma un rato o tendré que echarla del hospital. Lleva tres días seguidos sin dormir y sin moverse de esta zona. Su hermano ha mejorado un poco, estoy seguro de que puede pasar unas horas sin su vigilancia.

Elizabeth lo miró con tristeza. Eso no era cierto, Dexter no había mejorado en absoluto. A pesar de sus cuidados se iba deteriorando a pasos agigantados. Habían localizado el foco de la infección y cerrado las bombas de agua pertinentes, pero Dexter estaba demasiado débil y sus defensas no estaban funcionando.

—Le pediré a Mary que se quede con él —insistió White sabiendo que Elizabeth confiaba en la enfermera.

Mary fue la que se encargó de enseñarle lo que debía hacer cuando llegó al hospital de Saint Thomas buscando a su hermano. Hacían falta manos para la afluencia masiva de enfermos que habían llegado en las últimas horas. No fue precisamente amable con ella, al contrario, la trató con bastante desprecio creyendo que lo único que le importaba era el joven universitario que tuvo la mala suerte de ir a pasar un fin de semana a Londres con unos amigos. El brote de cólera lo pilló por sorpresa y, al parecer, la cantidad de alcohol que ingirió no fue de ayuda porque hizo que su deshidratación fuese más rápida.

—No va a ceder, ¿verdad? —preguntó Elizabeth, cansada.

—Ya sabe que soy muy testarudo —dijo el médico sonriendo—. En el estado en que está no me sirve de nada. Voy a buscar a Mary.

Elizabeth se levantó, miró a su hermano, le colocó bien las sábanas y le limpió la frente con un paño.

Dexter musitó algo que no entendió, sin abrir los ojos. Ella se inclinó y lo besó en la mejilla.

El doctor White llegó con la enfermera y Mary puso suavemente una mano en la espalda de Elizabeth.

—Vamos, ve a descansar —dijo con cariño—. Yo me quedaré con él, te lo prometo.

Elizabeth miró a su alrededor. La sala estaba llena de jóvenes como Dexter. Miró a Mary y le sonrió con tristeza.

—No prometas cosas que no puedes cumplir —pidió—. Si él pudiera oírnos se enfadaría muchísimo.

—Es cierto —asintió la enfermera—, sería muy injusto que por el hecho de ser tu hermano le diésemos un trato distinto. Ellos también tendrán hermanas y madres que estarán sufriendo. Pero te prometo que vendré a cada momento.

Elizabeth asintió y dejó que el doctor la acompañase hasta esa cama limpia que le había prometido. Cuando sintió la suavidad y el frescor del algodón bajo la mejilla se dio cuenta de lo inmensamente cansada que estaba. El doctor White la tapó con suavidad y le sonrió.

—Descanse.

Elizabeth le cogió la mano cuando se daba la vuelta y el médico la miró expectante.

—Gracias —dijo ella.

Henry White sonrió con esa dulce expresión que lo caracterizaba y asintió antes de marcharse.

Elizabeth lo vio alejarse mientras esperaba que el sueño la venciera. Era un gran hombre, pensó. Se dedicaba en cuerpo y alma a sus pacientes. Día tras día luchaba contra la enfermedad como un auténtico guerrero. No desfallecía nunca, no se rendía pasara lo que pasara...

—Elizabeth, despierta. —Mary la sacudía con suavidad pero con firmeza—. Despierta.

Abrió los ojos de golpe y se sentó en la cama sobresaltada.

—Tu hermano está despierto —dijo la enfermera muy seria.

—¿Despierto? —El sueño se evaporó de golpe al escuchar eso y bajó de la cama de un salto.

—Espera. —Mary la retuvo—. No está bien, Elizabeth. El doctor lo ha estado examinando y cree que su corazón no va a poder resistir...

Elizabeth empalideció y de pronto lo vio todo negro. Mary la ayudó a sentarse en la cama antes de que cayera al suelo.

—Está demasiado débil, sus pulsaciones han bajado tanto que no sabemos cómo se mantiene consciente. Debes estar con él.

Elizabeth sintió un dolor lacerante en el pecho. No tenía corazón para soportar aquello.

—Ahora debes ser fuerte. Por él. Ya habrá tiempo de llorar.

Miró a Mary horrorizada por su fortaleza y agradecida por la misma. La enfermera la acompañó hasta el pasillo y después la dejó ir sola. Sabía que en esas situaciones lo peor era ser blanda con ella porque eso la debilitaría para enfrentar lo que debía enfrentar Elizabeth.

—Estás despierto —susurró sentándose junto a él en la cama.

Dexter la miró con los ojos vidriosos.

—Tienes aspecto de cansada —dijo muy despacio, como si las palabras navegaran por un apacible lago.

—Acabo de despertarme. —Le cogió la mano, pero él se soltó dejándola caer.

Dexter miró para otro lado, pero Elizabeth vio las lágrimas secas antes de que tratara de ocultarle sus ojos. Le cogió la cara con la mano y lo obligó a mirarla.

—Dexter…

El joven trató de sonreír y su expresión resultó aún más conmovedora.

—Voy a dejarte sola, hermanita.

Elizabeth sintió que perdía la poca resistencia que le quedaba.

—No te atreverás… —musitó.

—Tienes que prometerme algo. Dime que le escribirás.

Elizabeth cerró los ojos un instante y su hermano le apretó ligeramente la mano haciendo un gran esfuerzo.

155

A la mente de ella volvieron los recuerdos de aquel terrible día en el que Dexter apareció en la puerta de casa. Tenía una expresión desolada y la miró con tal decepción en los ojos que aquella mirada fue mucho peor que cualquier insulto que le hubiese podido decir. Tuvo que contarle la verdad para no perderlo para siempre. Dexter lloró entonces con ella al conocer el enorme sacrificio que había tenido que hacer, consciente también del enorme sufrimiento que había causado a su amigo con su mentira.

—No puedo soportar la idea de que te quedarás sol…

Las náuseas agitaron su cuerpo y se inclinó fuera de la cama tratando de expulsar algo de su maltrecho estómago, pero no fue capaz de verter ni una mísera hebra de saliva de tan deshidratado que estaba.

Elizabeth mojó un paño de algodón en el agua y la puso sobre sus labios resecos.

—Tranquilízate, no te excites —suplicó.

—No podré… descansar en paz… si sé… que… vas a mantener… esta… mentira.

—Dexter, escúchame. —Su hermana se inclinó para que no tuviera que esforzarse en escucharla.

A esa distancia podían verse los ojos como si navegaran en ellos. Cuando eran niños Jillian, la madre de Dexter, les decía que a esa distancia no se puede mentir, porque lo que ves es el alma de la otra persona, que se oculta en las lascas cristalinas de sus pupilas.

—Sabes lo mucho que lo amo —dijo Elizabeth—. Daría mi vida por él mil veces si con ello le evitase un sufrimiento tan agónico como el que su padre pretendía infligirle. No me importa vivir sola el resto de mi vida si sé que con ello lo estoy protegiendo.

Dexter lloraba en silencio y sin lágrimas y Elizabeth sintió que lo amaba con todas sus fuerzas.

—Tú eres el único capaz de entenderme. Pero no quiero que estés triste por mí, he tenido una vida maravillosa porque tú has formado parte de ella. Has sido el mejor hermano que nadie pueda tener. Me diste una madre. —Sonrió y sus lágrimas se unieron a las de su hermano—. Mucha gente vive acompañada en la más absoluta soledad. Yo os tendré a los dos siempre en mi corazón y vuestra risa y vuestro afecto me acompañarán.

Se llevó la mano de su hermano hasta la mejilla y después la besó repetidamente. Dexter asintió para mostrarle que aceptaba su decisión, aunque sus ojos seguían llorando por ella.

—Pronto… veré a madre… Le contaré… la… persona tan… testaruda… en la que… te has… convertido.

Elizabeth amplió su sonrisa.

—Pues no te olvides de decirle que sigo subiendo a los árboles más rápido que tú, a pesar de que ya he pasado de los treinta.

Dexter cerró un momento los ojos y suspiró. Cada vez respiraba más despacio y al colocar la mano en su pecho Elizabeth comprobó que su corazón apenas latía ya. Sin soltarle la mano comenzó a cantar una canción que le enseñó Jillian para que se la cantase a su hermano cada noche antes de dormir cuando era un bebé. Los labios de Dexter dibujaron una sonrisa, su rostro se relajó. Elizabeth siguió cantando mucho después de que el corazón del pequeño de los Downton dejara de latir.

Capítulo 14

Lakeshire 1886

Hacía ya más de un mes que se había celebrado el funeral de su padre y Armond, su esposa y sus hijos ya estaban instalados en Tilford Hall como dueños y señores de las posesiones de los Downton. No había nada que Elizabeth pudiese objetar al respecto, la casa y todo lo demás eran de su hermano por derecho y ella solo era una mera invitada.

Durante el año que su padre estuvo enfermo, Elizabeth, además de para cuidar de él como una entregada y amante hija, también tuvo tiempo de hacerse a la idea de lo que le esperaba. Ya se encargó su cuñada de dejarle bien claro cómo sería la situación una vez su suegro hubiese fallecido.

En aquel mes de convivencia Elizabeth tuvo la oportunidad de descubrir algo que siempre había intuido y era el escaso afecto que Lucinda sentía por ella. Solo así se explicaban las continuas referencias a su desvalimiento económico y la persistente mención al hecho de que era una carga para su hermano.

Por ese motivo Elizabeth pasaba la mayor parte del tiempo aislada de la familia a pesar de que su hermano trató de mostrarse amable con ella asegurándole, con poco entusiasmo, que aquella también era su casa, mientras su esposa apartaba la mirada y suspiraba decepcionada.

Quizá por eso Elizabeth ya no disfrutaba del que había sido su hogar durante treinta y ocho años. Se sentía una extraña entre aquellas paredes y tan solo encontraba cierto alivio cuando salía a pasear por el bosque y los lugares que llevaba recorriendo toda su vida.

Era entonces cuando dejaba que su mente vagase por los momentos felices. Entonces escuchaba la risa de Dexter en su cabeza como si estuviese allí mismo, junto a ella, y le oía retarla a una carrera o regañarla por haber llegado tarde.

Todos los jueves lo visitaba en el cementerio, hiciese sol o nevase no faltaba jamás a su cita. Hablaba con él. Se arrodillaba sobre su tumba y le hablaba. Trataba de no sonar nunca desesperada, aunque alguna vez había roto a llorar sin poder contenerse. Como la primera vez que la nieve cubrió con su blanco manto las margaritas que había depositado sobre el frío suelo. No había dejado de llorar y sus lágrimas caían como los copos que tiñeron su negro atuendo.

Después iba hasta Covent House, entraba en la casa y recorría sus fantasmagóricas habitaciones acariciando las paredes que aún se mantenían en pie. Cuando regresaba al que había sido su hogar siempre le parecía un lugar un poco más triste.

De allí venía cuanto entró en casa y atravesó el hall para dirigirse a su cuarto con la esperanza de no tener que ver a su cuñada hasta tener de nuevo controladas sus emociones.

—Elizabeth… —la llamó Lucinda desde la puerta del saloncito—, te estábamos esperando, querida.

Elizabeth entró en el salón y miró a su hermano Armond, que esperaba de pie frente a la chimenea. No era extraño verlo en casa a esa hora, lo cierto es que prestaba poca atención a los negocios y a las tierras de su padre y dejaba que se encargasen de ellos «los que siempre lo habían hecho», según sus palabras.

—Ven, Elizabeth, siéntate —le pidió señalando el sofá que estaba frente a él.

Su hermana obedeció mirándolo con la absoluta certeza de que lo que iba a decirle no era nada bueno.

—¿Ocurre algo? —preguntó con preocupación.

—No, no, querida, no ocurre nada —dijo su hermano—. Son buenas noticias.

—¡Las mejores! —exclamó su cuñada colocándose junto a él—. Te hemos encontrado una casa.

Elizabeth la miró sin comprender.

—Habla tú, Armond, habla tú —pidió su mujer.

—Lucinda me hizo ver que esta vida no era la adecuada para ti. —Armond empezó a pasearse delante de ella, algo que solía hacer cuando quería darse importancia y que a ella siempre la había puesto muy nerviosa —. Yo no me había dado cuenta de tu incomodidad y espero que sabrás perdonarme por ello.

—No había más que observarte para ver lo molesto que te resulta convivir con dos muchachos correteando por todas partes —dijo su cuñada.

—¿Prefieres explicarlo tú? —dijo Armond deteniendo su paseo con mala cara.

—Está bien, yo lo haré —dijo Lucinda como si no le apeteciese—. Es evidente que te resulta desagradable vivir en una casa que no es la tuya y comprendí que esto acabaría costándote la salud, así que hablé con tu hermano y le dije que debíamos encontrar una solución cuanto antes.

—Dedicamos mucho rato a hablar sobre ti —intervino Armond—. Eso te hará comprender lo mucho que nos preocupa tu bienestar.

—Comprendimos que necesitabas un lugar en el que te sintieses útil —Lucinda se apresuró a recuperar la palabra—, no como aquí, que no hay nada que puedas hacer.

—Me encargo del servicio, de que todo funcione como es debido —dijo Elizabeth algo confusa—, y organizo las comidas. Además de ayudar a los chicos con sus lecciones...

—¿Lo ves, Armond? —dijo la otra mirando a su marido—. ¿Te das cuenta? Si fuera de su gusto no nos lo echaría en cara.

—Eso no es lo que quería decir, yo...

—No te preocupes, querida —la cortó Lucinda—, lo entendemos perfectamente. Tú lo que quieres es tranquilidad y eso te lo puede dar una persona mayor, pero no un par de muchachos que no paran de hacer trastadas. Por eso pensamos en ti enseguida que nos enteramos de que la señorita Winterman buscaba una dama de compañía.

—¿La señorita Winterman?

—¡Siiií! La señorita Sophie Winterman. Ya sabes que vive sola desde que su hermana murió hace dos años.

—Pero...

—Ofrece casa y comida que, junto con la generosa renta de la que disfrutas desde que murió tu madre, será suficiente para que vivas holgadamente —siguió su cuñada—. Además allí tendrás la tranquilidad que necesitas y, después de todo, las dos estáis en la misma situación, ¿no? ¡Es perfecto!

Elizabeth miró a su hermano buscando ayuda, pero Armond parecía de lo más satisfecho con el discurso de su esposa.

—También hemos tenido en cuenta ese entretenimiento tuyo que consiste en visitar a los pobres. La casa de la señorita Winterman está mucho más cerca —dijo Armond con una expresión que no dejaba lugar a dudas sobre lo que opinaba del tema—. Y la señorita Winterman está encantada con la noticia.

—¿Habéis hablado con ella antes de escuchar mi opinión? —preguntó sorprendida.

Lucinda asintió.

—Y está de acuerdo en todo.

Elizabeth comprendió que no les importaba lo que ella tuviese que decir. No les importaba en absoluto.

—¿Cuándo debo marcharme? —preguntó.

—¡Oh! Nosotros no querríamos que te fueses nunca —Lucinda fingió emocionarse y se llevó el pañuelo al seco lagrimal—, pero no podemos ser tan egoístas. La señorita Winterman te espera mañana mismo. Yo le pedí encarecidamente que nos dejase unos días para hacernos a la idea, pero ella insiste. Al parecer está cansada de estar sola.

Elizabeth se puso de pie y caminó hacia la puerta.

—Pero... ¿a dónde vas? —preguntó Lucinda mirándola sorprendida—. ¿No vas a darnos las gracias, siquiera?

—Voy a preparar mis cosas —dijo con la mano puesta en el pomo de la puerta—. Muchas gracias.

Atravesó el hall hasta las escaleras y se agarró a la barandilla sin fuerzas. En su cabeza escuchó la voz de Dexter: «Si tú quieres, vivirás conmigo. Yo cuidaré siempre de ti».

Respiró hondo y subió las escaleras con paso firme, como si no le doliesen el corazón y el alma.

Capítulo 15

—¿Le gusta su habitación, señorita Downton? —
Sophie Winterman la esperaba en el pequeño
saloncito con té recién hecho y una bandeja con
pastas.

—Muchas gracias por las cortinas —dijo Elizabeth
sentándose en el sofá junto a ella—. Me ha dicho
Frida que son nuevas.

—Quería que se sintiera lo más confortable que
fuera posible, teniendo en cuenta que durante tantos
años su casa fue Tilford Hall.

Elizabeth sonrió amablemente.

—No soy una persona que necesite grandes lujos.
Y aquella ya no es mi casa.

—Comprendo... —dijo la mujer entregándole la
taza—. Creo que nos vamos a llevar muy bien usted y
yo. Cuando estuvo aquí su cuñada comprendí que
ambas nos íbamos a hacer un favor. Usted a mí
porque ayudará a combatir la soledad en la que vivo.
Y yo a usted porque la ayudo a librarse de esa bruja.

Elizabeth se atragantó y a punto estuvo de verter
todo el té de la taza con el sobresalto. Después,

cuando se hubo recuperado del susto, se echó a reír a carcajadas contagiando a la señorita Winterman.

—No se preocupe, señorita Downton, no le voy a dar mucho trabajo. Tan solo necesito alguien con quien hablar y a quien escuchar. Alguien que me recuerde que aún estoy viva.

Elizabeth miró su taza de té y no dijo nada. Entendía muy bien lo que quería decir, hacía años que se sentía así.

—Lo echa mucho de menos.

Elizabeth levantó la cabeza de golpe.

—Sé que su hermano y usted estaban muy unidos.

El corazón de Elizabeth se detuvo un instante al pensar en Dexter. No pudo decir nada.

—Sé que estuvo con él hasta el final y que incluso después de enterrarlo siguió ayudando al doctor White hasta que controlaron el brote de cólera. Se comportó usted como una autentica heroína, señorita Downton, solo quería decírselo. Tranquila, no volveré a hablar de este tema si usted no quiere —dijo la señorita Winterman dando unos golpecitos en una de sus manos—. Quiero que se sienta aquí como en su casa. Y sepa que puede organizar sus cosas como guste, si hay algo en su habitación con lo que no se encuentre cómoda, dígalo.

—No será necesario.

—Pamplinas, seguro que hay algo que le disgusta. Esa habitación la decoró mi hermana, que en paz descanse, y no es que tuviese muy buen gusto, la pobre.

Elizabeth sonrió con timidez.

—Hay una cosa... Esa figura de la piña con brazos es un poco siniestra.

—¡Lo sabía! —se rio Sophie—. ¡Sabía que sería eso!

Contrariamente a lo que pensó en un principio, Elizabeth se amoldó enseguida a vivir con la señorita Winterman. No era en absoluto como la había imaginado. Resultó ser una persona divertida y entusiasta, siempre con temas de conversación y nada quisquillosa. Elizabeth aprendió que su característico malhumor era propiciado por el carácter de su hermana, a la que adoraba pero que la sacaba de quicio. La señorita Sophie detestaba a la gente apocada que se dejaba humillar. No soportaba la condescendencia ni la lástima. Esos eran los factores que podían desencadenar su temido malhumor.

Después del primer año de convivencia, las dos mujeres se conocían muy bien. Se habían dado cuenta de que eran almas gemelas. Disfrutaban de los mismos libros, les gustaba charlar sin tapujos de los temas más variados y crearon un micromundo dentro de las paredes de aquella modesta casa.

Sophie se dio cuenta de que cuando mencionaba el nombre de Galen en alguna conversación Elizabeth empalidecía y su ánimo decaía enormemente, así que dejó de hablar de su sobrino delante de ella. Pero en cambio no hubo problema en hablar de Dexter y de su madre.

—Es curioso que la recuerdes con tanto cariño. —Sophie trabajaba en su bordado como todas las tardes, mientras Elizabeth zurcía unas medias.

—Jillian era una mujer increíble.

—Lo sé —dijo Sophie—. Era muy atrevida y también sofisticada. Nunca entendí qué vio en tu padre, si me permites que te lo diga.

Elizabeth sonrió, bien sabía que podía hablarle de cualquier cosa.

—No fue el dinero lo que le atrajo de él, ella tenía muchos pretendientes. —Sophie dejó la labor un momento y se quedó pensativa—. Mi hermana decía que fue por ti.

Elizabeth levantó la cabeza para mirarla, no estaba segura de que hablase en serio. Pero Sophie la miraba muy seria y asintió con la cabeza.

—Sí, estaba convencida. Decía que el amor que sentía no era por el padre sino por la hija. Parece ser que un día le contó que te había visto jugando en el jardín de Tilford Hall y que le pareciste la niña más triste del mundo.

Elizabeth frunció el ceño.

—Eso es una tontería —dijo—. ¿Qué mujer se casaría para hacer feliz a una niña tan solo porque había visto que estaba triste al pasar frente a su jardín?

—Sí, es extraño —dijo Sophie—, pero también lo es que se casara con tu padre, de eso no me cabe la menor duda.

Durante unos minutos las dos siguieron con sus labores, hasta que la señorita Winterman dejó la aguja y se levantó de la butaca en la que cosía.

—¿Nos tomamos una copita de jerez? —preguntó yendo hacia el mueble en el que había una botella y varias copas.

Elizabeth dejó las medias y estiró la espalda para relajar los músculos. Sophie se sentó en el sillón que estaba frente a la butaca que ocupaba su compañera.

—Nunca me has preguntado nada —dijo la venerable mujer.

Elizabeth la miró con expresión de desconcierto.

—¿No quieres saber nada de mí? ¿De por qué no me casé?

Elizabeth bajó la cabeza y centró su atención en la copa que sostenía entre las manos.

—Ya veo —dijo Sophie—. Supongo que la historia de una vieja solterona no tiene mayor interés.

—No, yo…

—No tienes que andarte con remilgos conmigo —la tranquilizó—. Somos amigas, Elizabeth, más que amigas. En este año que hemos vivido juntas he aprendido a quererte, eres una persona extraordinaria, como lo fue Jillian. Me siento muy afortunada de que hayas aceptado vivir conmigo.

—Yo siento lo mismo —dijo con timidez.

—Por eso me parecía extraño que no quisieras saber de mí.

—Pero sí que quiero —dijo—. Sé que estuvo enamorada del señor Alfred Cook.

Sophie asintió repetidamente y en silencio.

—Muy enamorada —dijo después de unos segundos—. Era un hombre maravilloso.

—Galen siempre hablaba muy bien de... —Se detuvo y carraspeó varias veces—. El señor Cook, quería decir.

—Puedes llamarle Galen, sé que erais buenos amigos. —Sophie la miró con demasiada elocuencia, pero Elizabeth no respondió a su invitación—. Lo cierto es que solo he amado a ese hombre en mi vida. Aún lo amo, ¿te lo puedes creer? Después de tantos años.

Elizabeth hubiera querido responder a eso con un sí enorme, pero se mantuvo en silencio.

—Y él también me amaba —siguió hablando Sophie—, pero algo interfirió en nuestra relación y tuve que terminarla. Debo decir que fue el momento más difícil de mi vida.

Sophie la miraba con atención mientras Elizabeth fijaba la vista en cualquier parte que no fuera ella. Una idea fue haciéndose sitio en su cerebro. Apuró su copa y la dejó sobre la mesita que había junto al sofá. Después volvió a su butaca frente al bordado que estaba realizando y desenganchó la aguja para seguir trabajando en él.

Elizabeth la observó desconcertada. Se dio cuenta de que había sido muy poco educada y quiso decir algo que lo remediase, pero no encontró nada lo bastante neutro como para no descubrirse.

Capítulo 16

—¿Solo necesita la puntilla? —Elizabeth estaba lista para cumplir el encargo que la señorita Winterman le había hecho—. Debería venir conmigo, le hace falta salir más.

—Me pone nerviosa el barullo que hay siempre en la tienda de los Proudley, ya lo sabes. No, yo estoy bien aquí. Y no tengas prisa, pásate por la librería y mira a ver qué novedades han traído. Compra lo que te guste.

Elizabeth la miró sorprendida. Normalmente Sophie era de las que preferían pensar bien los gastos antes de hacerlos, no solía empujar a nadie a comprar nada. Frunció el ceño, tenía mucho interés en librarse de ella.

—Fanny no le habrá preparado bizcochos, ¿verdad?

La criada tenía la orden de no darle dulces a deshoras. El médico se los había prohibido, tan solo podía tomarlos una vez al día y los reservaban para el té de la tarde. Pero Elizabeth sabía que a veces, cuando ella no estaba, Sophie convencía a Fanny para que le diese alguno.

—¿Por quién me tomas? No soy ninguna cría. Anda, vete de una vez y déjame tranquila.

—Esta tarde debería venir conmigo a dar un paseo —dijo Elizabeth—. Tiene que caminar.

—Hoy es jueves —dijo Sophie.

Los jueves era el día en que Elizabeth iba al cementerio y después caminaba hasta Covent House. Siempre regresaba tarde y con el semblante triste.

—Mañana, entonces —dijo mientras caminaba hacia la puerta.

—Está bien —aceptó Sophie.

—Esta es la puntilla que más se parece, ¿no es cierto? —La señora Proudley le había sacado todas la que tenía en ese momento y Elizabeth las había comparado con el pedazo que le había dado Sophie.

—Sí, esta, sin duda —dijo.

—Muy bien. La señorita Winterman siempre ha tenido un gusto exquisito, seguro que quedará un vestido precioso. ¿Van a ir al baile de los Aspin? Todo el mundo habla de ese baile estos días.

—La señorita Winterman quiere que la acompañe —dijo Elizabeth de mala gana.

—¡Pues claro! No puede quedarse encerrada en casa.

La señora Proudley era una mujer afable, a la que le gustaban los dulces y que no tenía maldad. Su marido y ella no habían sido bendecidos con ningún hijo y solo se tenían el uno al otro. Elizabeth los conocía desde que era una niña y acompañaba a Jillian a comprar alguna fruslería. Entonces era joven y tenía una vivacidad sorprendente. La madre de Dexter solía hablar mucho con ella y siempre decía que era una mujer muy divertida. Elizabeth la miró con ternura, ahora era casi una anciana y seguía despachando en la tienda con el mismo entusiasmo de siempre, aunque sus ojos y sus manos ya no eran tan eficaces como antes.

—Señorita Downton, no me gusta verla siempre tan sola —dijo con sinceridad, bajando la voz para que no la escucharan las otras clientas—. Estoy segura de que su madre no lo aprobaría tampoco.

Elizabeth sabía que no se refería a su verdadera madre, sino a Jillian.

—Cada uno ha de vivir la vida que el destino le depara —dijo con una suave sonrisa—. La señorita Winterman es una gran compañía.

—Lo sé, lo sé —se apresuró a decir la tendera—, no quise decir…

—Tranquila, sé que aprecia a la señorita Winterman y he entendido perfectamente lo que quería decir.

La señora Proudley parecía querer decirle algo.

—¿Se ha enterado de…?

—¡Señorita Downton!

Elizabeth se volvió y vio a Belinda Havern, que acababa de entrar en la tienda llevando de la mano a su pequeña hijita Elma. Belinda se había casado con Richard Havern hacía seis años y tenía tres hijos. Dos chicos y la niña que la acompañaba.

—Discúlpeme, señora Proudley. Hola, Belinda. —Elizabeth se inclinó para saludar a la pequeña, que la miraba con una tierna sonrisa—. Señorita Elma, ¿cómo está usted?

La niña se escondió detrás de su madre sin dejar de mirarla. Elizabeth se irguió sonriendo divertida.

—Cuánto me alegro de verla —dijo Belinda—. ¿Cómo está?

—Muy bien, gracias. Espero que usted y su familia estén tan bien como esta preciosa niña.

Belinda miró a su hija con orgullo.

—Estamos todos muy bien, gracias. La vi el jueves pasado. Caminaba usted hacia el cementerio y no me oyó llamarla.

—Lo siento, no…

—No se disculpe, por favor.

La campanilla de la tienda volvió a sonar y entraron las dos señoritas Clifford seguidas por una criada con dos niñas de la mano.

—Como siempre Belinda se nos ha adelantado —dijo Venetia malhumorada—. Siempre tenemos que llegar tarde por vuestra culpa.

—No ha sido culpa mía —protestó su hermana—. No entiendes lo complicado que es ser una mujer casada y tener que ocuparse de dos niñas…

178

Venetia se detuvo en seco y se volvió a mirar a su hermana con mirada asesina.

—¿Me estás echando en cara que no me haya casado? —murmuró para que no lo escuchara nadie más que ella.

—Claro que no, Venetia —dijo su hermana bajando el tono, aunque no lo suficiente—. Sabes que jamás haría eso.

—Si sabes que Levana se ensucia siempre, deberías prevenirlo. Eso es lo que hace una buena madre. Hola, Belinda —dijo y le dio un par de besos—. Hola, Elma, cariño, ve a jugar con esos dos monstruos y haz que nos dejen un ratito tranquilas.

—Hola, Belinda. —Fifí le dio también un par de besos haciendo un gesto de desesperación dirigido a su hermana.

Ambas ignoraron sin pudor a Elizabeth, que se hizo a un lado dispuesta a dar por finalizada su conversación con la señora Havern.

—Estaba hablando con la señorita Downton —dijo la joven mirando a sus amigas con expresión severa.

—¡Oh! —exclamó Fifí volviéndose hacía Elizabeth—. No la había visto, señorita Downton. ¿Cómo está usted?

—Muy bien, gracias.

—Discúlpenos, señorita Downton —dijo Venetia—, ya sé que le pareceremos dos maleducadas, pero es que esas dos niñas nos hacen perder la cabeza.

Elizabeth no pudo evitar compadecerse de la hija mayor de los Clifford. Tener que ver cómo se casaba su hermana y formaba una familia mientras ella seguía esperando, no debió ser un plato de gusto. Ella lo sabía bien.

—Si no te hubieses puesto a hablar con Katherine Brown habríamos llegado antes —se quejó Fifí—. No todo es culpa de mis hijas.

Elizabeth trató de no mostrar ninguna expresión al escuchar el nombre de la hermana de Galen, que se había casado con Egerton Brown y ahora era la señora Brown.

—¿Os habéis enterado de la noticia? —preguntó Venetia.

—¿Qué noticia? —preguntó Belinda.

—Está claro que no. ¡Galen Cook ha regresado!

—¿¡Que Galen Cook ha regresado!? —exclamó Belinda y acto seguido su rostro se tiñó de rojo.

—Tendríais que haber visto la cara de Venetia cuando Katherine le ha dicho que había regresado su hermano —dijo Fifí riéndose.

—Han pasado diez años —dijo Venetia—. Me ha sorprendido.

—Sí, sobre todo cuando su hermana nos ha dicho que sigue soltero —dijo Fifí aguantándose la risa.

—Tenía entendido que estaba comprometido con una joven americana muy rica —dijo Belinda.

—Pues sigue soltero —dijo Venetia sin poder disimular su entusiasmo.

—Usted irá a verlo, ¿verdad, señorita Downton? —dijo Fifí—. Era muy amigo de su hermano, seguro que quiere saber... Bueno, ya me entiende.

Las tres mujeres pusieron cara de pena, unas con más éxito que otras. Elizabeth sintió aquel mordisco en el corazón que sentía cada vez que pensaba en Dexter.

—Señorita Downton, ya está su paquete.

Se volvió hacia la señora Proudley, que había contemplado toda la escena en silencio hasta ese momento, y comprendió que eso era lo que quería decirle. Elizabeth se acercó a pagarle con expresión agradecida. Después se despidió de todas y salió de la tienda con el corazón temblando.

Elizabeth caminó sin rumbo fijo durante las siguientes dos horas. Ni siquiera se dio cuenta de que había abandonado el centro de Lakeshire. Se dio cuenta de lo que ocurría cuando se vio frente a Tilford Hall. Por suerte nadie se percató de su presencia. Habría sido muy violento encontrarse con su hermano o su cuñada en ese estado. A saber qué habría podido decirles.

Una vez recuperado el control de sus pensamientos dio media vuelta para regresar a casa de la señorita Winterman. Caminaba a paso ligero temiendo haberla preocupado con su tardanza cuando escuchó los cascos de un caballo que se acercaba en dirección contraria. A pesar de la distancia que la separaba del jinete su corazón supo antes que sus ojos de quién se trataba y aceleró su ritmo imparable.

Cuando estuvo a su altura Galen se llevó la mano al sombrero y la saludó con un ligero gesto. Elizabeth se había detenido en el camino, pero no se volvió para verlo alejarse. La había estremecido la dureza de su mirada. Estaba muy distinto. Ya no era el joven que ella recordaba. Ahora era un hombre más varonil, fuerte y seguro de sí mismo. Un hombre que la había mirado con una expresión cruel y cierto desprecio. Él, en cambio, se había cruzado con una mujer cuyo rostro había perdido por completo su lozanía. Bajo sus ojos las marcas de un cansancio perpetuo y unos labios resecos por haber vivido todos aquellos años sedientos del amor que conocieron.

Se llevó la mano al pecho y cerró los ojos antes de volver a ponerse en marcha. Trastabilló como si sus pies no recordasen cómo avanzar y tuvo que dar varios pasos en falso antes de recuperar el control.

Para él ella no era más que una mujer que lo había defraudado, que se había atrevido a despreciarlo, a rechazarlo por su hermano. Creería que lo hizo porque Arthur era el mayor, el que algún día sería el dueño de todas las posesiones de su padre…

—Ya está —susurró—. Ya ha pasado. Puedes volver a respirar.

Si Elizabeth hubiese podido entrar en la cabeza de Galen Cook habría comprobado la inmensa rabia que lo atenazaba en esos momentos. Cómo sus muslos presionaban el lomo de su caballo tratando de contener la furia que había sentido al volver a verla, obligándose a no girarse para mirarla de nuevo. Habría deseado gritarle, bajarse del caballo y empujarla hasta verla en el suelo suplicante y derrotada. Habría querido mirarla a los ojos para comprobar que todo lo que creyó ver en ellos de bondad y sinceridad nunca estuvo ahí.

Si Elizabeth hubiese podido entrar en la cabeza de Galen Cook habría huido lo más lejos y lo más rápido que sus piernas le hubiesen permitido.

Capítulo 17

—Señorita Winterman, acabo de decirle a su sobrino que somos prácticamente familia. —Lucinda Downton había arrastrado hasta allí a Galen y mostraba una de sus falsas sonrisas mientras hablaba con Sophie, ignorando concienzudamente a su cuñada—. Desde que nuestra querida Elizabeth ocupó el lugar de su hermana, la señorita Lavinia, que Dios la tenga en su Gloria, tanto mi marido como yo la consideramos a usted de nuestra propia familia.

—¡Qué amable, señora Downton! —dijo Sophie mostrando una de aquellas afables expresiones que a Elizabeth le producía escalofríos por lo bien que sabía fingir—. Siempre lo hablamos en casa, lo amable y cariñosa que es usted. ¿Verdad, querida?

Elizabeth se limitó a asentir con la cabeza, temerosa de que si emitía el más leve sonido su voz la delatara. Galen no la había mirado ni una sola vez y mantenía una pose distante y relajada mientras escuchaba la cháchara de la esposa de Armond con evidente desinterés.

—Habrá encontrado usted muy cambiada a mi cuñada, la señorita Downton, y por eso no la ha saludado —dijo Lucinda mirando a Galen.

—Discúlpeme, señorita Downton, no la había reconocido —dijo él cogiéndole la mano con frialdad y llevándosela a los labios sin llegar a besarla—. Es cierto que ha cambiado mucho.

Lo dijo de un modo que hizo que Elizabeth se sonrojase al ser consciente de que pretendía avergonzarla. Trataba de herirla y lo había conseguido sin esfuerzo.

—¿Tanto ha cambiado? —preguntó Lucinda—. Claro, nosotros estamos tan acostumbrados a verla que no lo notamos, pero lo cierto es que diez años a su edad es mucho.

Elizabeth trataba de serenar su corazón, que latía desbocado, pero encontró la fortaleza para responder sin que su voz se quebrase.

—Me alegro de verlo, señor Cook.

Él la miró un instante y después volvió de nuevo su atención a Lucinda Downton, que no había dejado de hablar.

—…y he tratado de averiguar el motivo de su inesperado regreso, pero el señor Cook se resiste a mis súplicas y no quiere contarme su secreto.

Galen la miró con una ligera sonrisa.

—Es usted una mujer muy difícil de convencer, señora Downton. Voy a tener que confesarle mi propósito sin más dilación. He vuelto para encontrar una esposa inglesa que esté dispuesta a seguirme hasta Nueva York e instalarse en aquella ciudad para siempre.

—¡Oh! —exclamó la cuñada de Elizabeth—. ¡Pero eso es maravilloso! Hay muchas señoritas aquí que estarían encantadas de cumplir con sus expectativas, señor Cook. Sin ir más lejos…

Lucinda miró hacia su cuñada y Elizabeth sintió que le flaqueaban las piernas y se dejó caer en la silla que había junto a Sophie rogando al cielo por que no mencionase su nombre.

—¡Señorita Aspin, venga aquí!

La hija de los anfitriones se acercó acompañada de Venetia Clifford.

—¿Me llamaba, señora Downton? —Mary Aspin los miró con simpatía, mientras Venetia apenas podía disimular su nerviosismo.

—¿Conoce al señor Galen Cook?

—Oh, sí —dijo la joven dedicándole una sonrisa—. El señor Cook ha almorzado con nosotros esta mañana y he tenido el privilegio de escuchar sus historias sobre esa sorprendente ciudad en la que vive.

—¡No me diga! —exclamó Lucinda riendo—. Bien, bien, bien… Entonces ya sabrá el motivo de su regreso a la patria…

—¿Cuál es ese motivo? Si puede saberse —preguntó Venetia con mucho interés.

—¡Quiere encontrar esposa! —exclamó Lucinda satisfecha de ser la portadora de la información.

—¿Es eso cierto? —Venetia lo miró sin poder disimular su alegría.

—Lo es —dijo Galen desplegando sus aprendidas dotes de seducción—. Estoy dispuesto a sentar la cabeza de una vez por todas.

—¡Oh! —exclamó Venetia sin poder contenerse.

—Pueden correr la voz —siguió Galen—, no es ningún secreto. Tengo el ánimo bien dispuesto y el corazón libre como un pájaro.

—Estoy segura de que va a ser todo un acontecimiento para las jovencitas en edad casadera —dijo Lucinda mirando a Venetia para comprobar que había captado la indirecta.

—Quizá el señor Cook no quiera a una jovencita insulsa que pudiera parecerle de trato demasiado infantil... —se apresuró a decir la otra.

Un nutrido grupo de jóvenes se había acercado al escuchar la conversación y ahora se arracimaban alrededor del hijo de lord Cook con ánimo alegre y risa fácil. Elizabeth pudo entonces escabullirse sin llamar la atención y caminó lentamente hacia atrás saliendo del grupo con disimulo.

—A decir verdad... —dijo Galen mirando a su alrededor, evidentemente satisfecho con el interés que había despertado en su público—. Cualquiera de las señoritas que veo aquí tiene la opción de conquistar mi corazón. No necesito mucho, tan solo belleza, algo de simpatía y buena disposición.

Exclamaron algunas y rieron otras mientras Elizabeth conseguía alejarse lo suficiente como para dejar de oír su insoportable charla.

—¿Está usted huyendo? —Arthur Cook la abordó en la terraza unos minutos después—. No la tenía por una mujer cobarde.

Elizabeth se volvió a mirarlo y le dedicó una sonrisa.

—Ya ve —dijo con simpatía—. De este modo no dejo de sorprenderlo.

—Cierto —respondió el hombre.

Se colocó a su lado y juntos contemplaron la noche estrellada y sin luna, cuyo frescor ya anunciaba la llegada del otoño.

—Debo decir que mi hermano ha vuelto convertido en un verdadero imbécil.

Elizabeth no dijo nada y siguió contemplando el cielo que tanto la relajaba.

—Solo quería decirle que puede contar conmigo, si me necesita —dijo Arthur mirándola de soslayo—. No puedo hablar de esto delante de mi tía ni de mi esposa, por eso la he abordado de este modo.

Elizabeth lo miró agradecida y negó con la cabeza.

—No se preocupe por mí, señor Cook. Estaré bien.

El hombre la miró con demasiada intensidad como para no ver lo que trataba de ocultar.

—No parece dispuesto a pedir cuentas a nadie —explicó—. Creí que cuando volviésemos a vernos intentaría romperme la cara, pero lo cierto es que se ha comportado como si no hubiese pasado nada.

Elizabeth no dijo nada y siguió mostrándole su sereno perfil. Arthur comprendió que no quería o no podía hablar con él de aquello. Ya lo había intentado otras veces sin éxito.

Al principio trató de acercarse a ella, quería servirle de apoyo porque era el único que conocía su sufrimiento. Pero ella no lo quería cerca, su presencia parecía alterarla de un modo desquiciante y por eso dejó de visitarla. Por eso y porque era un maldito cobarde.

—La dejaré sola —dijo, y volvió a la casa con la misma sensación que lo acometía siempre que estaba junto a ella.

Elizabeth permaneció allí durante casi una hora. De pie frente a las escaleras que llevaban al jardín, contemplando las estrellas y adornándolas con sus agitados pensamientos. ¿Qué esperaba en realidad? ¿Qué Galen saliese a buscarla y le dijese que aún la amaba? No podía torturarse de ese modo. Nadie merecía tanta crueldad.

Cerró los ojos tratando de recuperar la cordura y volvió junto a la señorita Winterman.

—¿Dónde estabas? —preguntó Sophie.

—En ninguna parte —dijo ella con expresión reflexiva.

—Pues ten cuidado, ese es el lugar al que suelen ir las almas solitarias y del que muchas no consiguen regresar.

Elizabeth la miró con una sonrisa triste y la señorita Winterman no pudo evitar la muestra de cariño al cogerle una mano.

Galen bailaba con la señorita Aspin que, a juzgar por su risa, debía estar pasándoselo muy bien. Sophie siguió su mirada y comprendió lo atribulada que se sentía en aquella situación.

—Estoy un poco cansada —dijo llevándose una mano a la cabeza—. Creo que debería irme, pero me da pena que te pierdas la fiesta por mi culpa.

Elizabeth la miró aliviada y sonrió.

—Voy a avisar para que traigan nuestro coche —dijo poniéndose en pie.

Atravesó el salón sin percatarse de los ojos azules que la observaban desde la distancia. Cuando regresó su rostro estaba mucho más tranquilo por pensar que solo tendría que permanecer allí unos pocos minutos más, pero se detuvo en seco al ver que Galen estaba junto a su tía y no había modo de esquivarlo.

—Ya han ido a buscar el coche —dijo al llegar junto a ellos.

—¿Ya se marchan? —preguntó Mary Aspin con expresión incrédula.

—Es comprensible que necesiten descansar —dijo Galen mirando a la señorita Aspin—. Usted es demasiado joven para comprenderlo.

Elizabeth bajó la mirada consciente de que aquella estocada estaba dirigida a ella.

—Es por mi culpa —dijo la señorita Winterman mirando a su sobrino con severidad—. Elizabeth se lo estaba pasando la mar de bien, pero yo no.

Galen la miró con preocupación.

—¿Se encuentra mal? —preguntó.

—Aburrida de tanta juventud sin cerebro —dijo mirándolo a los ojos con severidad—. Por alguna extraña razón a Elizabeth le gusta la música y disfruta de la compañía de otras personas, por muy insulsas y estúpidas que sean. Si nos vamos es únicamente porque se preocupa por mí.

—Y yo se lo agradezco —dijo Galen posando su fría mirada en Elizabeth—. Me siento aliviado al saber que mi tía ha encontrado una compañera tan… comprometida.

Elizabeth lo miró serena y Galen sintió un golpe en el pecho al sentir aquellos ojos verdes atravesándolo. Hasta ese momento no lo había mirado directamente y al hacerlo provocó en el hombre una incontenible rabia por lo que ese gesto le hizo sentir.

—Tía, he oído que se marcha. —Arthur y su esposa, Adella, habían llegado junto a ellos sin que ninguno se percatase.

Los dos hermanos se saludaron con un gesto de cabeza, pero no se dijeron nada.

—Hay que ver cuánto revuelo por una vieja —dijo Sophie, molesta.

—No es usted vieja, tía —dijo Galen con una afable expresión—. Estoy seguro de que lo que necesita es levantarse de esa butaca y bailar un poco. ¿Verdad, señorita Downton? Aunque ya he visto que usted tampoco baila.

—¡Uy! —exclamó Mary Aspin—. ¿La señorita Downton bailar…? ¡Qué cosas dice! ¿Verdad, señorita Downton? Yo no la he visto bailar jamás.

—Pues recuerdo que antes le gustaba —dijo Galen mirándola.

Elizabeth había vuelto la cabeza y miraba hacia la pista como si no fuese ella el tema de conversación.

—¿Antes? —Mary frunció el ceño—. Claro, ustedes se conocían. Su hermano y usted…

La señorita Aspin enmudeció al ver que Galen había perdido el color del rostro. Iba a disculparse cuando un lacayo se acercó para avisar a Elizabeth de que ya estaba su coche esperándolas.

Sophie se levantó y sin despedirse de nadie se agarró al brazo de Elizabeth.

—Lo que yo te diga, querida, demasiada juventud sin cerebro —masculló Sophie mientras caminaban hasta el coche.

Galen las observó con expresión severa. Después se volvió hacia la señorita Aspin y la invitó a bailar de nuevo.

—¡Oh, sí, señor Cook!

Arthur miró a su hermano caminar hacia la pista. Ni una sola vez lo había mirado. De repente le entraron unas terribles ganas de beber.

Capítulo 18

Después del día del baile fueron muchas las ocasiones que tuvieron Elizabeth y Galen para verse. No solo eran invitados a los mismos eventos por tener los mismos amigos, sino que la señorita Downton vivía con su tía y era inevitable algún que otro encuentro.

Cualquier observador que conociese lo que había ocurrido entre ellos, podría ver los vestigios de aquella relación con solo verlos juntos. Pero no había allí nadie que lo supiera, al menos no directamente. Era cierto que la señorita Winterman había adivinado algo de lo sucedido, pero Elizabeth jamás le habló de ello, por lo que solo tenía meras sospechas.

Galen Cook seguía en su misión de buscar esposa y sus padres parecían satisfechos con la idea. Al menos eso es lo que le pareció a Elizabeth cuando los vio en la cena que se organizó en casa de los Middleton y a la que asistieron, además de los Cook y Galen, Mary Aspin y sus padres, Belinda y su esposo, Rolando Elphick, el reverendo Jerry, la señorita Winterman y Elizabeth.

—En el futuro los libros se fabricarán como rosquillas, ya lo verán. —Colin Aspin era un apasionado de las nuevas tecnologías y había oído cosas muy sorprendentes sobre los avances que se estaban haciendo en ese campo—. No hay duda de que la industria editorial va a cambiar y no tenemos más remedio que cambiar con ella.

—No estoy para nada de acuerdo, señor Aspin —dijo el señor Cook—, hay cosas que deberían mantenerse tal y como están si no queremos que el mundo se convierta en un lugar mucho más injusto.

—¿Injusto? —intervino Galen mirando a su padre—. ¿Cree que el progreso puede hacer el mundo más injusto?

—Por supuesto. Si, como dice el señor Aspin, el día de mañana se hacen libros como rosquillas gracias a engendros mecánicos, ¿qué pasará con los que trabajan ahora de manera artesanal? Todos esos hombres se quedarían sin empleo…

Galen torció una sonrisa al mirar a su padre. Estaba claro que no creía que a lord Cook le importase lo más mínimo el bienestar de aquellos hombres de los que hablaba.

—Además —continuó su padre—. Eso haría los libros más baratos y provocaría que cualquiera pudiese leerlos. No quiero ni pensar lo que ocurriría si la clase baja empezase a leer…

Ahí estaba la verdadera causa de su descontento.

—¿Y por qué no? —Galen estaba muy serio—. ¿Qué tendría de malo? Probablemente eso les ayudaría a superar muchos problemas y alimentaría su espíritu. ¿O es que crees que por ser pobres carecen de él?

—Esta tarde he estado escuchando al candidato conservador —intervino Rutherford Middleton cambiando de tema al ver que los dos hombres se ponían excesivamente violentos—. Un poco tibio, para mi gusto.

—Al menos no hubo tumultos, como ocurrió en el mitin liberal —comentó Rolando Elphick.

—Toda una novedad —dijo Everald Cook sin dejar de mirar a su hijo—. Esos zarrapastrosos siempre están preparados para la violencia. Esto no ocurriría si nos gobernase un hombre.

—¿La reina no le parece una buena gobernanta? —Galen volvía al ataque.

—Al final es una mujer y como tal se preocupa de asuntos que serían más adecuados para hablarlos alrededor de una mesa camilla.

—¿A qué asuntos se refiere, padre?

—Lo sabes perfectamente —dijo Everald retándolo con la mirada.

Galen sonrió al tiempo que cortaba la carne de su plato.

—No imaginaba que fuese de los que escuchan esa clase de rumores. Quizá conozca a la persona que colocó el cartel en las balaustradas de Buckingham hace unos años.

Everald lo miró con los ojos echando chispas. Se refería a un desafortunado cartel que apareció a las puertas del palacio de la reina Victoria en el que podía leerse: «Esta propiedad está a la venta debido a la quiebra del negocio del antiguo ocupante». La reina se había aislado de su pueblo tras la muerte de su esposo. Se confinó en palacio y se distanció de sus súbditos, que no tardaron en reprochárselo. Cuando la reina comprendió lo que estaba pasando volvió a salir a la calle y recondujo la situación.

—¿Qué opinan del manuscrito de la reina? —preguntó la señora Middleton al tiempo que dejaba su copa en la mesa—. A mí me gustaría poder leerlo.

—¿De verdad cree que existe? —dijo Roland Elphick con expresión incrédula—. Nuestra soberana es una mujer muy inteligente que lleva reinando casi cincuenta años, no me creo que escribiese sus memorias haciendo un claro «homenaje» a un criado.

La manera en que dijo «homenaje» le sonó a Elizabeth como un insulto y no pudo evitar el gesto de levantar la cabeza y mirarlo con extrañeza. Tenía al señor Elphick por un hombre de buenos sentimientos.

—Señorita Downton, mira usted al señor Elphick como si no aprobase lo que dice —dijo lord Cook—. ¿No está de acuerdo en que sería algo del todo inadecuado?

—Prefiero no opinar sobre el tema —dijo muy seria.

—Por favor —dijo Galen al tiempo que dejaba el tenedor en el plato—, ilumínenos, señorita Downton.

Elizabeth cogió su copa de agua y bebió un sorbo para aclarar su garganta. Tener la atención de toda la mesa puesta en ella no resultaba nada agradable y menos sabiendo que Galen solo pretendía ponerla en evidencia frente al resto de invitados.

—Considero a la reina una mujer muy inteligente y estoy convencida de que, si realmente ha escrito sus memorias, estas no contendrán nada que no sea digno de leerse. Y, por lo tanto, cualquiera de sus súbditos podría tener conocimiento de lo que en ellas se explica, sin que por eso su visión de la reina se viese menoscabada. —Dirigió su mirada a lord Cook ignorando expresamente a Galen—. Si lo que quiere saber es lo que yo opino sobre el hecho de que una mujer de la categoría de su majestad la reina pueda sentir afecto sincero por un hombre que cuidó de ella y la sirvió, con fidelidad y total entrega, le diré que creo que la engrandece aún más. Y respecto al tema que hablaban antes, opino que sería maravilloso que las clases menos favorecidas de nuestra sociedad pudieran tener acceso algún día a la literatura. Esas son mis opiniones.

Un murmullo reprobador recorrió la mesa de punta a punta.

—¿En qué podría beneficiar a las clases bajas tener acceso a los libros, señorita Downton? —preguntó Rolando Elphick que, a juzgar por su severa mirada, parecía decepcionado con ella.

Elizabeth lo miró desde el otro lado de la mesa.

—En primer lugar les ayudaría a tener la mente ocupada en otras cosas que no fueran sus miserias. Y en segundo lugar les mostraría puntos de vista sobre todo aquello que desconocen.

—Pero entonces sabrían cómo vivimos —dijo Venetia Clifford—. ¡Querrían lo que nosotros tenemos! ¿No se da cuenta, señorita Downton? ¡Vendrían a quitárnoslo!

Elizabeth apretó los dientes para obligarse a callar el torrente de palabras que pugnaban por salir de su boca. Estaba asqueada de aquella conversación. No es que lo que pensaban todas aquellas personas fuese algo nuevo para ella, había crecido escuchándolas en boca de su padre y de muchos de los que conocía. Pero aun sabiéndolo no dejaba de parecerle asqueroso.

—La señorita Downton es un alma caritativa y noble que vela por el bienestar de aquellos desafortunados que no han tenido la suerte de nacer con ninguno de los apellidos de quienes nos sentamos a esta mesa —intervino Sophie, que ya estaba harta de ver cómo utilizaban a su compañera como saco de golpes.

—Ah, sí, ya hemos oído hablar de sus obras de caridad —dijo Venetia con desdén—. Yo soy de las que piensan que con esa actitud no ayuda en absoluto a esa pobre gente. Estoy segura de que si se les da cosas que no pueden tener, después es mucho más terrible vivir sin ellas.

Elizabeth la miró con tristeza.

—¿Y no sería mejor pensar un modo en el que no tuvieran que privarse? —preguntó.

—Pero, señorita Downton... —Venetia movía la cabeza como si hubiese dicho una estupidez—. ¿No comprende que el mundo es como es y que siempre ha sido así? Siempre han habido ricos y pobres. Estoy segura de que Dios en su misericordia tiene sus motivos para haber creado el mundo de ese modo.

—Yo no creo que Dios tenga nada que ver — musitó Elizabeth.

—Había oído hablar sobre sus «opiniones» — siguió la otra—, pero no podía imaginarme que sería usted tan rebelde.

—¿Soy rebelde por creer que es posible un mundo mejor? —Elizabeth parecía haber olvidado dónde estaba y con quién—. ¿Un mundo en el que los niños no mueran de hambre mientras otros engordan como...?

Había estado a punto de decir una impertinencia demasiado sonada. Sophie bajó la cabeza y se llevó la servilleta a la boca para esconder la irresistible sonrisa. Los demás comensales tenían la mirada clavada en ella y sus expresiones iban de la reprobación más absoluta de lord Cook a la brillante intensidad en los ojos de su hijo.

—Será mejor que dejemos estos temas tan poco agradables —pidió la señora Middleton—. ¿Qué opinan del concurso de rosas que va a empezar a organizar la parroquia?

Elizabeth volvió a prestar toda su atención a su plato. Pero ya no tenía hambre.

Después de la cena organizaron un baile informal y Elizabeth se pasó la velada tratando de apartar la vista de Galen y Mary Aspin, que bailaron una tras otra todas las piezas que se tocaron. Un par de ellas ejecutadas por sus manos al piano después de que lord Cook insistiera en que quería escucharla tocar.

Elizabeth intuía que solo pretendía mortificarla y por eso, cuando se acercó a ella aprovechando que se había apartado del grupo, supo que aquella conversación no sería agradable.

—Hacen buena pareja, ¿no le parece? —preguntó Everald Cook sosteniendo su copa en la mano.

—Excelente —respondió la señorita Downton.

—Galen ha cambiado mucho en estos años, ya no es aquel joven influenciable. Ahora es un hombre que sabe lo que le conviene.

—Me alegro por él. Y también me alegra ver que es usted un padre que se preocupa por la felicidad de su hijo —dijo Elizabeth sin dejar de mirar a los bailarines.

Lord Cook comprendió que lo estaba retando y aceptó el guante.

—Lo importante para un padre es que su hijo no cometa el error de enamorarse de alguien... «poco adecuado». ¿Me comprende, señorita Downton?

—No exactamente, señor Cook. —Elizabeth lo miró por primera vez y fue como si observase a una serpiente de cascabel a corta distancia—. ¿Qué es para usted «poco adecuado»?

—Alguien sin dinero ni posición, alguien con una edad inapropiada, alguien que carezca de cualquiera de las virtudes que se esperan de una esposa...

Elizabeth perdió el color de su rostro pero mantuvo la cabeza fría para no olvidar el lugar en el que estaban. Se esforzó en sonreír y se disculpó con lord Cook para volver junto a Sophie.

—¿Qué te pasa? —preguntó la mujer cuando estuvo a su lado—. Pareciera que hubieses visto un fantasma. ¿Qué hablabas con mi cuñado?

—Nada, Sophie, nada.

La mujer frunció el ceño nada conforme con aquella respuesta. Entonces vio cómo Galen atravesaba el salón hasta donde estaba su padre, le decía algo y los dos se dirigieron al jardín. Sophie miró a Elizabeth y comprobó que ella también los miraba y su rostro evidenciaba que de aquella conversación no saldría nada bueno.

—Deje en paz a la señorita Downton. —Galen miraba a su padre con semblante sereno, pero su voz mostraba una determinación admirable.

—¿Dejarla? No sé a qué te refieres.

—Sé cómo funciona su mente, lo he visto actuar demasiadas veces. No sé por qué la ataca, pero quiero que deje de hacerlo.

Lord Cook miró a su hijo con preocupación. No le gustaba ver que aún sentía algo por ella y no le convenía que hubiese entre ellos ninguna clase de acercamiento.

—Veo que ya has olvidado lo que te hizo. No entiendo a los hombres como tú, que permiten que una mujer los humille, como ella te humilló, y todavía la defienden.

—No estoy defendiendo nada. Simplemente le pido que la deje en paz. Lo que yo sienta hacia esa señorita es cosa mía, no quiero que usted intervenga.

—Tan solo pretendía apoyarte y que ella supiese que no estás solo.

—Ya soy mayorcito, padre, no necesito que nadie me respalde. La señorita Downton no significa nada para mí y, por supuesto, no he olvidado lo que hizo. Como tampoco he olvidado lo que hizo mi hermano.

—Tu hermano reaccionó a tiempo y acabó con aquello en cuanto comprendió que no podía ser una buena mujer si había engañado a su hermano.

Galen torció una sonrisa.

—Veo que, como siempre, su opinión sobre Arthur es de lo más ventajosa. Siento no verlo como usted.

—Es tu hermano.

—Exacto —dijo Galen y después chasqueó la lengua—. Quizá por eso me resulta tan imposible perdonarlo. Al fin y al cabo la señorita Downton no era nada mío, no aún, pero Arthur era mi hermano.

Everald observó a su hijo durante unos segundos, sopesando su siguiente paso.

—¿Es cierto que has venido buscando esposa?

—Sí, es cierto.

—Y parece que la señorita Aspin está recibiendo más atenciones que las demás…

—De momento no he decidido nada.

—Nunca me explicaste por qué rompiste el compromiso con la señorita Preston.

—No fui yo quien lo rompió, fue ella.

Everald frunció el ceño y Galen sonrió.

—Sus palabras exactas fueron que no quería un cuerpo sin alma como marido. Y también me dijo que volviese a donde la perdí y tratase de recuperarla. Reconozco que Madeleine me sorprendió una vez más —dijo pensativo—. Siempre supe que era una mujer extraordinaria, pero ese día comprendí que era mucho más que eso.

—Me enteré de su boda con Fedor Bamford, su familia es la del petróleo. Está claro que sabía elegir muy bien a sus pretendientes.

—Fedor es un gran tipo. Y si está insinuando que Madeleine lo eligió porque es rico, siento decepcionarlo, pero no es así. Fedor pertenece a la rama pobre de los Bamford, su padre no siguió los pasos de sus hermanos. Fedor tiene un modesto periódico que le da mucho trabajo y pocos ingresos. Madeleine nunca se casaría por conveniencia, es una férrea defensora del matrimonio por amor. Por eso rompió conmigo.

Galen dio por terminada la conversación con su padre y con un gesto de cabeza se despidió y volvió a la fiesta. Everald permaneció durante un rato en el jardín pensando en lo que su hijo le había dicho. ¿Casarse por amor? ¿Qué clase de estupidez era esa? ¿Con quién se habría casado él si su padre no hubiese organizado su matrimonio con Alma? Nunca había sentido esa clase de sentimiento por nadie y no creía que eso pudiese existir realmente. El deseo sexual sí, ese lo había sentido muchas veces y por muchas mujeres distintas. Pero ¿amor? Movió la cabeza, incrédulo. No, eso solo era literatura.

Capítulo 19

La vio arrodillada frente a la lápida y por un instante tuvo el impulso de marcharse. Elizabeth percibió la sombra que emergía tras ella y se volvió sorprendida.

—Siento haberla asustado —dijo Galen.

—No... yo... Es que nunca...

Galen comprendió. Nadie iba a esa tumba excepto ella. Se acercó y tocó la lápida como si saludase a un viejo amigo.

—Me han contado que estuvo con él hasta el final —dijo sin mirarla.

Elizabeth respiró hondo para serenarse.

—Sí —musitó.

Galen la miró al fin y una ola de sentimientos pasó por encima de él dejándolo empapado de emociones.

—¿Sufrió mucho?

—Hicimos todo lo que pudimos por aliviarle —dijo mirando el barro de sus zapatos—. El doctor White es un médico entregado y tiene un conocimiento muy profundo sobre el cólera. Al principio creímos que Dexter podría recuperarse, pero acababa de pasar una neumonía que lo había debilitado mucho y no tuvo fuerzas para superar la enfermedad.

—Me han dicho que después se quedó en el hospital un tiempo.

Elizabeth asintió.

—No podía volver a casa… —susurró.

Galen podía ver en su rostro el profundo dolor que le causaba todavía hablar de aquello y sintió una punzada de angustia por no poder consolarla. Hizo un gesto de rabia y se apartó un poco como si no quisiera decir lo que pensaba al lado de la tumba de su amigo.

Elizabeth se levantó después de colocar las flores como todos los jueves y se acercó a él con las piernas temblándole.

—Puede quedarse si lo desea —dijo—. Me alegro de que haya venido. Excepto yo, nadie visita esta tumba.

Se dio la vuelta y se alejó hacia el camino ante la desconcertada mirada de Galen. Aquella Elizabeth era la misma que recordaba. No había cambiado nada en absoluto a pesar de los años que habían pasado.

Se acercó a la tumba de su amigo y se inclinó para acariciar las flores que había colocado. Unas simples margaritas.

—*Sus flores preferidas son las margaritas* —dijo *Dexter mientras recogía un manojo de flores del camino.*

—¿Por qué las margaritas? —preguntó Galen sorprendido—. Es la flor más insulsa y simple de todas.

Dexter terminó de recoger el ramillete y lo ató con una hoja alargada. Miró a su amigo con una sonrisa.

—Precisamente por eso es su flor favorita. Ya deberías saber que mi hermana es un espíritu puro y luminoso. A alguien como ella no le van los artificios ni las falsedades, solo la sencillez.

Galen se puso de pie, despacio, escuchando la voz de Dexter en su cabeza repitiendo aquella conversación de la que habían pasado tantos años. No supo cuánto tiempo pasó hasta que siguió los pasos de Elizabeth. Tenía el pálpito de dónde podría encontrarla y aceleró el paso cuando se hizo visible la mansión de los Bentham.

Se detuvo frente a la fachada de Covent House.

—¡Elizabeth! —gritó con potente voz.

Ella lo escuchó desde el interior de la ruinosa mansión y un profundo terror la paralizó. Percibió en su voz la urgencia y supo que si no salía entraría a buscarla. No quería estar allí dentro con él. Demasiados recuerdos. Demasiado íntimos.

Galen la vio aparecer justo cuando iniciaba el camino.

—Iba a entrar a buscarte —dijo mirándola con fiereza.

Elizabeth se acercó disimulando el temblor de sus piernas con pasos lentos, y el de las manos sujetándoselas.

—¿Qué hace aquí, señor C...?

—¡Deja la pose de una maldita vez! —le espetó entre dientes—. Estamos solos, no hay nadie más aquí.

La miraba con una mezcla de rencor y dolor profundo.

—Quiero entenderlo. Quiero saber por qué.

Elizabeth giró la cabeza hacia el camino como si buscase una salida.

—Ya sabes el porqué...

—No, no lo sé —dijo él negando con la cabeza y sonriendo con cinismo—. Os he visto juntos, no entiendo cómo no me di cuenta de que era una treta para librarte de mí.

Ella lo miraba sobresaltada.

—¿Cómo no te tembló la voz, ni el corazón al saber que me estabas destrozando la vida? —dijo él acercándose amenazador.

Elizabeth cerró los ojos un instante, pero no dijo nada.

—¡Háblame! —le ordenó él.

Al ver que no reaccionaba la agarró por los brazos obligándola a mirarlo.

—Mírame a los ojos y dime por qué me clavaste aquel puñal hasta la empuñadura. ¿Nunca me amaste? ¿Te diste cuenta de que no era suficiente para ti?

Los ojos de Elizabeth se llenaron de lágrimas pero sus labios seguían sellados. No pensaba decir una palabra. Después de todo lo que había pasado, de lo mucho que había sufrido, no podía.

Galen se sentía terriblemente dolido con su silencio. No tenía bastante con haberle destrozado el corazón, además no consideraba necesario aliviar su sufrimiento.

—¿No queda en ti ni un ápice de sentimiento hacia mí? —La voz sonaba dura y cortante como la hoja de un cuchillo—. ¿Qué le dijiste a Dexter? ¿Cómo conseguiste que él te perdonara?

Elizabeth lo miró aterrada y trató de zafarse de él, pero cuanto más lo intentaba más fuerza empezaba él para retenerla.

—No te dejaré marchar hasta que me digas la verdad.

—No tienes derecho a hacerme esto —dijo ella sin poder contener ya las lágrimas.

—¿Que no tengo derecho?

—No, no lo tienes. Déjame ir, por favor.

Galen la miró desconcertado y después de unos segundos la rodeó con sus brazos y la besó. Al principio ella trató de resistirse, pero en cuanto sintió el dulce sabor de su boca todos los recuerdos del pasado cayeron sobre ella como un alud y la enterraron sin remedio. Galen introdujo la lengua en su boca y de pronto sintió que el mundo giraba como un tornado y caía en una oscuridad incontrolable. Una combinación de angustia, dolor y éxtasis atravesaron su pecho y hundió una mano en su pelo para sujetar su cabeza y evitar que se apartara. En su interior se desató una furia apasionada que lo llevó a arrastrarla hasta la pared más cercana y oprimió su cuerpo contra el de ella dispuesto a franquear todas las barreras. Pero se detuvo en su avance al sentir el salado sabor de sus lágrimas en los labios. Abrió los ojos como si regresara del mismísimo infierno y la soltó como si le quemara su contacto.

—Nadie me conoce mejor que tú —dijo con el corazón en los labios—. No puedo creer que me hicieras daño para nada. Sé que mi hermano y tú urdisteis ese plan por algún oscuro motivo.

Elizabeth sintió que no podía más. Se secó las lágrimas y sin pensarlo le propinó una bofetada.

—¿¡Cómo te atreves!?

Galen apretó los dientes y aguantó estoico aquel violento gesto.

—Nunca quisiste saber. —Elizabeth lo miraba ahora con severidad, cansada de cargar con una culpa que no era suya—. No me hagas hablar…

Intentó alejarse de él, pero Galen no se lo permitió sujetándola por el brazo.

—Habla —dijo.

Ella dudó unos segundos, pero finalmente comprendió que no había manera de evitar aquella conversación.

—Viste lo que quisiste ver —dijo sin apartar la mirada—. Me conocías bien y sabías lo mucho que te amaba. Sin embargo aceptaste por bueno lo que te dábamos y huiste sin mirar atrás. Durante aquel primer año no dejé de preguntarme por qué. ¿Por qué no me buscaste al día siguiente? ¿Por qué no viniste aquí y me obligaste a decirte la verdad?

Galen no dijo nada, pero su rostro estaba blanco como el mármol.

—Y entonces lo comprendí —siguió Elizabeth, que lo miraba ahora con infantil desprecio—. Tuviste miedo, miedo de seguir adelante, de tener que enfrentarte a todos por mí. Te di una salida airosa para una situación demasiado complicada para ti.

—Eso no es cierto —dijo muy serio.

—Vine aquí todos los días, esperando y temiendo que te presentaras, pensando que no sería capaz de volver a fingir para dejar que me arrancaras el corazón de cuajo. —Lo miró retadora—. ¿Por qué no dices nada? ¡Atrévete a negarlo!

Echó a andar alejándose de él. Galen tardó unos segundos en reaccionar y luego corrió tras ella y la detuvo agarrándola del brazo de nuevo.

—¡No me toques! —gritó Elisabeth con la cara bañada en lágrimas—. ¡No vuelvas a tocarme! Eso que ha pasado ahí te ha quitado el derecho de rozarme siquiera. ¿Qué ibas a hacer? ¿Pensabas llegar hasta el final?

—No sabes lo mucho que he sufrido por...

—¿Tú? ¿Tú has sufrido? ¿Te haces una idea de lo que ha sido mi vida todos estos años? —La rabia le salía por todos los poros. El dolor acumulado brotaba como el magma de un volcán en erupción salpicándolo todo con su fuego—. ¡He vivido un infierno!

—¿Y te crees que yo he sido feliz?

—No, no has sido feliz, ya lo veo. Pero has vivido la vida que tú decidiste mientras yo me quedaba atrás. Tuve que ver morir a la persona que más me ha querido, al único apoyo que siempre estuvo ahí para mí. Al ser más luminoso que haya podido existir. —Sollozó sin poder contenerse—. Y después tuve que enterrarlo sin tener ningún hombro en el que llorar. Desde entonces he vivido como un fantasma, tan solo de recuerdos. Pensando en los momentos felices que viví con vosotros dos. Recreando en mi mente cada caricia tuya, cada beso y cada palabra de amor. Un amor pobre y falso que se quebró en cuanto vio un sitio por el que escapar…

Volvió a darle la espalda, pero Galen no la dejó alejarse.

—¡Deja de decir eso! —exclamó entre dientes.

—¿Por qué? —Ella lo encaró con rabia—. ¿No es cierto acaso?

—No, no es cierto.

Elizabeth lo miró ahora con total desprecio.

—Ya veo que no ha crecido tu valor con los años. Es una lástima.

Se alejó de él, y esta vez no la detuvo.

Capítulo 20

La señorita Winterman cumplía sesenta años y su hermana quiso organizar una cena en su casa a la que estaba invitada tan solo la familia. Elizabeth quiso agarrarse a eso para no tener que asistir, pero Sophie fue muy testaruda y no cedió en su deseo de que la acompañara.

La anciana no imaginaba el terrible quebranto que estaba provocando en su joven amiga, de haberlo sabido a buen seguro que no habría insistido tanto.

Llegaron tarde, como era costumbre de Sophie Winterman, cuyo lema era que si los primeros en llegar sufrían un descalabro ella siempre tendría la cabeza sana.

Cuando entraron en la casa ya estaban allí Katherine y su esposo, Egerton Brown. Arthur y Adella, Thomas y su esposa Rosalind. Lord Cook estaba en el jardín con sus dos nietos, los hijos de Thomas, y la madre de Galen conversaba con él en un rincón del salón.

En cuanto llegaron todos se volcaron en atenciones con la homenajeada y, de ese modo, Elizabeth pudo sentarse donde creyó que estaría más resguardada del resto adoptando la mejor postura para disimular la terrible zozobra que la agitaba. Galen la miraba desde el otro lado del salón y su rostro parecía esculpido en piedra. Por suerte nadie le prestaba atención y su interés pasó desapercibido para todos, menos para Elizabeth, que sentía sus ojos atravesándola.

—¡Hay que ver, Katherine! —decía su tía en ese momento—. Aún me acuerdo de cuando tus padres no querían dar su consentimiento para vuestra boda. Y mírate ahora, anunciando tu embarazo.

—¡Sí, tía! —dijo su sobrina riendo—. ¡Estamos todos tan contentos! ¿Verdad, mamá?

—Claro, hija. —La señora Cook se acercó a ellas con una enorme sonrisa—. No podíamos negarnos a esta boda, Egerton está loco por ella y Katherine lo adora, todo lo demás son supercherías.

—Claro, hermana —dijo la señorita Winterman—, tú siempre has sido una romántica. Siempre defendiste que era mejor una renta pequeña antes que un matrimonio sin amor.

Elizabeth no pudo evitar mirar a las dos hermanas y su expresión fue más reveladora de lo que habría deseado, pero tan solo dos personas se fijaban en ella en ese momento: Galen y Arthur.

—Soy una madre sensible —dijo Alma—, la felicidad de mis hijos es lo primero para mí. Los padres deben procurar colaborar a que esa felicidad llegue cuanto antes.

Elizabeth buscaba en su rostro algún reflejo de la falsedad que estaba verbalizando. Esperaba ver cómo le crecía la nariz o cómo su rostro cambiaba de color. Apartó la mirada con expresión anonadada y sus ojos se cruzaron con los de Galen, que no había dejado de observarla. La cabeza empezó a darle vueltas y en ese momento Arthur se acercó a las dos mujeres y se sentó cerca de su tía.

—Es la naturaleza de las mujeres, me parece a mí —dijo Katherine interviniendo en la charla.

—¿Estás diciendo que amar es una prerrogativa de tu sexo? —preguntó Arthur.

—Por supuesto. Las mujeres amamos mucho más que los hombres. Igual que tardamos mucho más en olvidar. Es algo innato y, por lo tanto, no tiene ningún mérito. Crecemos alimentando nuestros sentimientos y ello nos prepara para ser esposas y madres. Vosotros, los hombres, tenéis otras preocupaciones desde muy jóvenes.

—Conozco mujeres incapaces de amar y a hombres que darían la vida por la persona que aman —rebatió Arthur.

—La naturaleza del hombre es ser más inconstante, hermano, te guste o no te guste aceptarlo.

—Eso es una falsedad —dijo Galen atrayendo la atención de todos—. El hombre puede parecer indiferente, su corazón es un músculo que trabaja como sus brazos y puede dar la impresión de tenerlo duro e insensible, pero nos acometen la ternura y los buenos sentimientos igual que a cualquier mujer. Al hombre se le exige una fortaleza que a veces nos resulta inhumano mantener, pero lo hacemos a pesar de todo. El hombre no es más inconstante en su amor, tan solo guarda silencio cuando lo pierde. Observa la estela que deja al abandonarlo y escucha los chasquidos de su corazón resquebrajándose sin una queja ni lamento. Pero por dentro está gritando, hermana, gritando su pena con gritos que nadie escucha.

Katherine miró a Galen sorprendida de tan apasionada defensa masculina.

—Cualquiera que te oiga pensaría que hablas con conocimiento de causa. No te tenía por un hombre tan sentimental.

Galen se apartó del grupo y salió al jardín. Pareció que iba a reunirse con su padre y sus sobrinos, pero continuó caminando después de pasar junto a ellos.

—Mi hermano es todo un desconocido para mí —dijo Katherine mirando a su esposo.

—Me temo que ya no se siente cómodo entre nosotros —dijo la señora Cook—. No creo que tarde mucho en elegir una esposa con tal de poder regresar cuanto antes a Nueva York.

Arthur miró a Elizabeth, que apretaba con fuerza el cordón que adornaba su cuello.

—Señorita Downton, tengo entendido que sigue usted atendiendo a los más desfavorecidos. ¿No teme que la contagien de alguna de sus enfermedades?

Elizabeth levantó la vista de su comida y miró a la señorita Cook como si no creyese lo que escuchaba. Estaban ya en el segundo plato y, por suerte, hasta ese momento la habían dejado al margen de sus conversaciones.

—Hasta ahora lo único que me han contagiado en mi vida es un resfriado —respondió con expresión serena—. Y no fueron los Lyme, sino mi hermano Dexter.

—Pues hace unas semanas la vio la señorita Venetia Clifford paseando con la pequeña de los Lyme y casi le da un infarto —siguió Katherine riéndose a carcajadas—. Estaba ofuscadísima cuando nos lo contó a la señora Havern y a mí misma. Hablaba de Elihu como si fuese un saco de bacterias.

—¡Katherine! —la regañó su madre—. Estamos en la mesa...

—Discúlpenme —pidió la hija de los Cook.

—¿Cuántos años tiene ya Elihu? —preguntó Galen.

—Catorce —respondió Elizabeth—. Es una jovencita encantadora.

—¿No sería mejor que emplease su tiempo en alguien que pudiese aprovecharlo mejor? —preguntó Rosalind, la esposa de Thomas.

—¿En quién está pensando? —preguntó Elizabeth con sincero interés—. ¿Quién cree que podría necesitar más mis atenciones?

—Lo dice como si usted estuviese a su servicio —intervino Thomas—. ¿No cree que se degrada con su actitud? Espero que no le moleste, pero creo que su padre fue demasiado permisivo con sus «caprichos», señorita Downton.

—¿No le parece bien que las personas que han tenido suerte en la vida se ocupen de aquellos que no son tan afortunados? —preguntó incómoda de atraer la atención tanto rato.

—Hay muchas maneras de dar limosna a los pobres sin necesidad de enfangarse en su miseria.

—Un argumento muy caritativo, Thomas. Te felicito —dijo Galen con ironía.

—Tu hermano ha sido algo brusco —dijo lord Cook—, pero ha dicho una verdad muy cierta.

—No sabía que había grados de certeza para la verdad —le respondió su hijo pequeño—. Para mí la verdad es solo una.

Su padre lo miró con severidad antes de continuar hablando.

—Lo importante es que cada uno sea consciente del papel que le ha tocado en la vida y que se mantenga dentro de sus parámetros. El futuro es incierto y el mundo cambia muy deprisa, no debemos distraernos de nuestras obligaciones o acabarán por arrebatarnos el lugar que nos corresponde.

Galen dejó el cubierto en su plato y miró a su padre desde el otro lado de la mesa.

—¿Y quién decide qué lugar le corresponde a cada uno?

—Depende. —Su padre también soltó el cubierto—. Igual que un padre procura el bienestar para sus hijos, un gobernante lo hace para su pueblo.

—¿Y por qué la familia Lyme debe aceptar su miseria mientras nosotros comemos con cubiertos de plata?

—¡Galen! ¿De qué estás hablando? —Katherine lo miraba horrorizada—. No serás uno de esos...

—¿Alguien con conciencia, quieres decir? —Su hermano la miraba con una sonrisa—. He visto personas conseguir grandes riquezas viniendo del estrato más bajo de la sociedad y a otros que lo tenían todo, perderlo en pocos días. El mundo está cambiando y no podremos aferrarnos a la tradición para impedirlo.

—Eso ocurre en América —dijo su padre con desprecio.

Galen se rio sin complejos.

—Sí, padre, ocurre en América y por eso ese será el país que regirá los destinos de la humanidad en el próximo siglo.

—Tonterías. La tradición lo es todo —dijo la señora Cook.

—Un americano nunca podría tener todo esto —dijo su padre abarcando el aire que lo rodeaba.

—¿Cuánto dinero tiene, padre? —preguntó Galen provocando una exclamación de desagrado entre la mayoría de miembros de su familia.

—Esa pregunta es del todo inaceptable.

—Está bien, se lo diré de otro modo. Si yo quisiera podría comprar todo lo que tiene, regalárselo a la familia Lyme y aún me quedaría dinero para vivir hasta mi muerte sin ninguna estrechez.

Su padre lo miró enormemente furioso.

—¿Cómo te atreves?

—Solo pretendo que comprenda que el mundo está cambiando y pronto los Lyme del mundo exigirán sus derechos...

—Por mucho dinero que tengas jamás serás lord, eso no podrás comprarlo con dinero... —dijo la señora Cook profundamente ofendida.

Galen torció una sonrisa al mirar a su madre.

—¿Está segura, madre? Tiempo al tiempo.

—¡Pero qué desfachatez! —Lord Cook tiró la servilleta con rabia sobre la mesa y se puso de pie apartando la silla de golpe—. ¿Te has propuesto arruinarnos la celebración?

Galen miró a su tía y se puso de pie con expresión apenada.

—Discúlpeme tía, no debí...

—Por mí no te preocupes —dijo la señorita Winterman—, estoy pasándolo muy bien.

El resto de la cena se desarrolló con total normalidad. Se hablaron de temas perfectamente asépticos y sin peligro de contagio. Sophie recibió sus regalos mientras tomaban una copita en el salón y Elizabeth amenizó la velada tocando el piano.

—Deberíamos irnos ya —dijo la señorita Downton cuando ya pasaba de la media noche.

—¡Oh, querida! —exclamó Sophie—, precisamente le pedía a mi hermana que me dejase una habitación para esta noche. Estoy demasiado cansada para subirme al coche y volver a casa. ¿Te importa irte sin mí?

Elizabeth se mostró confusa ante una decisión tan inesperada. Hubiera preferido saberlo antes, de ese modo podría haberse marchado hacía ya un buen rato, que era lo que le hubiese apetecido.

—Está bien —dijo forzando una sonrisa—. Entonces me marcho ya.

Elizabeth se despidió de todos y salió de la casa con un infantil sentimiento de abandono.

—¿Podrían avisar al cochero de que regreso a casa? —pidió al mayordomo cuando la acompañó hasta la puerta.

—La señora Cook dio instrucciones de que todo el mundo se quedaba a dormir en la casa y el cochero se retiró a descansar hace horas —dijo el sirviente con cara de sorpresa.

Elizabeth se mostró confusa. ¿Qué debía hacer? Nadie la había invitado a quedarse y era demasiada distancia hasta la casa de la señorita Winterman para recorrerla a pie y a esas horas de la madrugada.

—Si lo desea despertaré al cochero para que la lleve. Puede regresar al salón mientras se prepara…

Elizabeth miró hacia donde el mayordomo le señalaba y sintió un irracional rechazo.

—No, por favor, no lo despierte. Hace una noche preciosa, hay luna llena y el cielo está despejado, regresaré dando un paseo.

—No puedo dejar que…

—Tranquilo, Joseph. —Galen se acercaba a ellos decidido y cogió suavemente a Elizabeth por el brazo—. Yo la llevaré.

Salieron de la casa sin que ella ofreciera ninguna resistencia. Se sentía tan confusa y emocionalmente alterada que no se sintió capaz de rechazar su ayuda.

Cuando estuvieron fuera de la casa continuaron hasta las cuadras sin decir una palabra. Galen preparó su caballo y montó en él mientras Elizabeth miraba a su alrededor nerviosa pensando qué esperaba que hiciera ella.

—Sube. —Galen le ofrecía su mano para ayudarla a subir a su caballo.

—¿No vas a ensillar otro?

—No me parece buena idea que lleves una montura en plena noche. No creo que hayas montado mucho últimamente.

Lo cierto es que no había vuelto a subirse en un caballo desde que él se marchó. Y, sí, había luna llena, pero seguía siendo ella. Después de unos segundos más de duda acabó cediendo y aceptó la mano que le ofrecía.

Capítulo 21

Estaba tan pegado a ella que sentía cada músculo de sus brazos, de sus piernas y de otras muchas partes de su cuerpo. Era mucho más fuerte que antes y Elizabeth se sintió pequeña junto a él.

Durante los primeros dos kilómetros no hablaron. Los dos debían habituarse al contacto del otro, a su olor, a los sentimientos que guardaban enterrados en el fondo de su mente y que salieron a la superficie en cuanto tuvieron el primer contacto.

Cuando estuvieron lo suficientemente alejados de cualquier casa y estuvo seguro de haber recuperado el control de sus emociones, Galen detuvo el caballo y desmontó de un salto. Después la agarró con decisión y la hizo descabalgar también, sin emitir el más mínimo sonido.

Elizabeth estaba temblando. Sus ojos se habían habituado a la luz que ofrecía la luna y veía en el rostro del hombre una determinación incontestable.

—¿Qué hacemos aquí? —preguntó con timidez.

Galen seguía mirándola sin decir nada, pero poco a poco su expresión se suavizó.

—Le pedí a mi tía que me ayudara.

Elizabeth abrió la boca sorprendida.

227

—Sí, ha sido un plan maquiavélico, lo sé, pero necesitaba estar a solas contigo y sin que hubiese posibilidad de que nadie nos interrumpiese. —Galen sonrió con nerviosismo—. He pensado mucho en lo que dijiste el otro día y quiero que sepas que en parte tenías razón, tenía mucho miedo, pero no por lo que crees. Nunca dudé de lo que sentía por ti. No hui porque me diese miedo lo que me hicieran.

Elizabeth se dio la vuelta, no quería que viese sus ojos porque no iba a poder controlar lo que dijesen.

Él se acercó despacio y se detuvo tan cerca de ella como era posible sin llegar a tocarla.

—Tenía mucho miedo de lo que te hicieran a ti. De que mi padre utilizase su poder e influencia para dañarte de algún modo. Entonces se me partió el alma, y volvió a romperse cuando te vi en el cementerio, porque reconocí a la Elizabeth que me amó y eso hizo que me debatiera entre la tristeza más absoluta y la esperanza.

—Deja que me marche —suplicó ella sin volverse.

—Cuando escuches lo que tengo que decirte —dijo a su espalda—. Dime que no tienes en tu pecho ningún sentimiento por mí. Que me has olvidado. Yo por mi parte puedo asegurarte que te sigo amando como entonces. Ni un solo día de estos diez años he dejado de pensar en ti. Si he regresado lo he hecho tan solo con la idea de volver a verte. Desde el momento en que pude captar una mirada de tus ojos tuve la certeza de que me sigues amando, Elizabeth.

La agarró suavemente por los hombros y la giró hasta tenerla de frente. Elizabeth lloraba sin poder contener el torrente de emociones que la estaba ahogando.

—Mi dulce Lizzy, mírame, por Dios —suplicó él.

Ella levantó lentamente los ojos y los posó en aquellos azules y cristalinos con los que había soñado durante años. Galen posó una mano en su mejilla y la acarició con ternura.

—Me amas —susurró—, tus ojos me dicen que aún me amas.

Una mano atravesó el costado de Elizabeth y agarró sus corazón con saña y rencor apretándolo hasta dejarlo exánime.

—Sí —susurró—, te amo como te amé entonces, y los motivos que me llevaron a apartarte de mí siguen tan vivos como este amor que es lo único bueno que me queda.

—¿Cuáles son esos motivos? —preguntó él temeroso de hacia dónde iba la conversación—. Dime dónde están los molinos y lucharé contra ellos sin descanso hasta derribarlos.

Elizabeth cogió su mano y la llevó hasta sus labios para besarla, lo que provocó que un agónico gemido saliese de la garganta de Galen.

—No puedo revelártelo, porque si lo hiciese te destruiría —dijo ella rozando su mano con los labios—. Y no se destruye aquello que se ama.

Galen se inclinó muy despacio para darle la oportunidad de apartarse y al ver que lo aceptaba sin reservas la besó. Sus labios la acariciaron suavemente hasta que sintió que ella se relajaba y abría los suyos para dejarle paso. El beso se hizo entonces más intenso y profundo, su lengua exploró con frenesí invadiéndola con un placer casi olvidado. La respuesta inmediata de Elizabeth provocó en él una leve conmoción y la excitación que sentía creció hasta aplastarlo.

Galen apartó su boca como si no pudiese soportarlo, respiraba con dificultad y la miraba suplicante, como el reo que mira al verdugo para pedirle que acabe pronto con su sufrimiento.

Con timidez pero sin remilgos Elizabeth se puso de puntillas, le rodeó el cuello con los brazos y lo besó de forma ardiente. No pedía, exigía una compensación por haber despertado todas aquellas emociones dormidas. Él se entregó por completo a ese beso, devorándola como si fuese el único manjar que podía salvarlo de morir allí mismo.

El placer que nacía en sus bocas se fue extendiendo por lugares más oscuros y recónditos y las manos de ambos se movieron, sin que pudiesen controlarlas, buscando calmar su ansiedad. Galen acarició la fría piel de sus pechos y Elizabeth se sintió desfallecer. Volvió a su boca y después bajó por su cuello dejando el rastro de sus besos. Los pezones abultaban bajo la tela del vestido y él la apartó con delicadeza para sentirla en sus dedos. Elizabeth dejó caer la cabeza hacia atrás y los dos se tambalearon por la mala compensación de los pesos.

—Llévame a casa —pidió ella con la voz ronca.

Galen cerró los ojos un instante clamando al cielo que lo ayudara. Necesitó un momento para recuperar la cordura y para que su anatomía le permitiese moverse con normalidad. Después de eso subió al caballo y le tendió la mano para que ella montara también. Cuando la tuvo pegada a su cuerpo aspiró el aroma de sus cabellos. Es increíble lo mucho que pueden perdurar los aromas en nuestra mente. Casi toman forma convirtiéndose en aquellos de los que emanan. Aquel dulce aroma, sutil y fresco, era la seña de identidad de Elizabeth y lo había guardado en sus recuerdos junto a su imagen.

Cabalgaron en silencio, disfrutando del contacto mutuo, sintiendo que, pasara lo que pasara, aquella noche se pertenecían el uno al otro. Cuando el caballo se detuvo frente a la casa de la señorita Winterman debían ser más de las dos de la madrugada. Galen bajó del caballo y lo dejó junto a la cerca para acompañarla hasta la puerta. Elizabeth abrió con sigilo, tratando de no despertar a Fanny, aunque la mujer era dura de oído y dormía tan profundamente que nunca se enteraba de nada.

Elizabeth lo cogió de la mano y dejándolo sin habla lo arrastró hasta dentro de la casa. Cerró la puerta tras ellos y después subió las escaleras hasta su habitación sin soltarlo.

Una vez dentro de la habitación Galen la miraba extasiado, no podía creer que estuviese pasando.

—¿Estás segura? —preguntó en un susurro—. Alguien puede habernos visto entrar...

—Shssss —musitó ella al tiempo que se quitaba el vestido sin dejar de mirarlo.

Lo había decidido de repente. Una luz se encendió en su cabeza al darse cuenta de que moriría virgen y a nadie le importaría. Lo amaba y lo deseaba, quería ser suya sin importar nada más. Quería tener aquel recuerdo para que la acompañase cuando él se marchara de nuevo. Porque se marcharía. Jamás le diría la verdad, no lo condenaría al ostracismo, no le haría eso a él y tampoco a Sophie, a la que había aprendido a querer.

Cuando la tuvo desnuda frente a él todas las prevenciones desaparecieron de su mente y tan solo pudo pensar en lo mucho que la amaba. Iba a hacerla suya. Se casaría con ella pasara lo que pasara, no importaba lo difícil que se lo pusiera, conseguiría doblegarla si la hacía suya.

Elizabeth se acercó a él y lo besó con ternura y timidez. Estar desnuda la hacía sentirse aún más vulnerable de lo que de normal se sentía cuando estaba con él. El beso se prolongó alimentado por años de ausencia y pasión frustrada.

Galen bajó las manos por su espalda y se estremeció al llegar a sus nalgas, suaves y sedosas, promesa de lo que le esperaba. Necesitaba algo más que sus labios, ya no era suficiente con eso. Se inclinó y atrapó entre los labios uno de sus pezones arrancándole un gemido ansioso. Se desplazó hacia el otro repitiendo el proceso y provocando un ansia desconocida entre sus piernas.

La llevó hasta la cama y la tumbó sobre ella para después empezar a desvestirse sin apartar la mirada de sus ojos. Quería ver cada expresión en su rostro mientras lo descubría.

Elizabeth se sentía como en un sueño, uno de tantos que había tenido durante todos aquellos años. Pronto descubriría lo que significaba ser de otra persona, pertenecer por completo a quien se ama. Se estremeció al verlo desnudo y tuvo un pequeño instante de duda. Galen subió a la cama y se colocó sobre ella, pero en lugar de tratar de tomarla comenzó a acariciarla con su mano, llevándola allí donde nadie la había tocado jamás.

Cuando sintió la mano masculina deslizándose entre sus muslos Elizabeth lanzó un gritito que ahogó rápidamente tapándose la boca.

—Si no puedes mantenerte en silencio Fanny se va a llevar una sorpresa —dijo Galen sonriendo.

Elizabeth asintió y empujó su mano para que continuara, lo que provocó que la excitación de él aumentase en grado sumo.

Galen exploró entre sus pliegues, utilizando su propia humedad para deslizarse. Como un experto amante fue capaz de provocar un deseo irrefrenable en la inexperta virgen y, cuando llegó el momento de atravesar la rígida barrera natural, Elizabeth era un volcán en plena erupción. Se enredaron en un sinfín de besos y caricias hasta que sus cuerpos encontraron el modo de acoplarse y, una vez vencida la resistencia inicial, Elizabeth lanzó un largo y profundo gemido mientras comprendía por qué se había sentido tan vacía todos esos años.

—Ahora soy parte de ti —susurró Galen contra su boca antes de comenzar con movimientos suaves y constantes.

Elizabeth ardía por dentro, sin embargo quería sentirlo allí, imparable, con una mezcla de ternura y salvaje instinto. Dejó que la naturaleza hablase por ella y sin darse cuenta empezó a mover sus caderas buscándolo, recogiéndolo y contrayéndose sobre él, lo que provocó que el hombre gimiese angustiado por resistir. Galen colocó las manos en sus caderas para impedir que se moviera y se detuvo unos segundos tratando de controlar su impulso natural.

—Dime que me amas —le exigió con voz ronca sin dejarla moverse.

Elizabeth apretó los labios para que aquellas palabras no salieran de su boca. Galen cambió de técnica y ahora la embistió con fuerza.

—Dime que me amas —repitió.

Se inclinó sobre ella y la besó al tiempo que la acometía de nuevo con una embestida profunda y rítmica. Ella se arqueó contra él y Galen se retiró anunciando su regreso.

—Dime que me amas.

Elizabeth sintió que algo explotaba en su interior y una estremecedora sensación sacudió su cuerpo como un látigo que provocaba imparables oleadas de placer. Él siguió torturándola haciendo que se le nublase la vista mientras una fuerza arrolladora la succionaba desde el núcleo de su ser.

Las contracciones cesaron, pero Galen continuó con sus movimientos hasta que Elizabeth sintió que despertaba de nuevo de su letargo momentáneo.

—Dios mío —susurró.

—Te amo —dijo él con la voz rota dispuesto a llevarla de nuevo al clímax.

De manera involuntaria el cuerpo de Elizabeth se tensó alrededor de su miembro oprimiéndolo de manera insoportable y Galen gimió consciente de que había llegado al límite de su resistencia.

Lo acompañó hasta el caballo y lo observó mientras montaba y giraba su grupa. Galen la miró con ternura, se había puesto un chal sobre los hombros y llevaba el cabello suelto sobre los hombros. Nunca la había visto más hermosa que en ese momento. Le sonrió y se despidió con un gesto de cabeza antes de iniciar el regreso a casa.

Elizabeth se quedó allí hasta que desapareció en la noche y se abrazó a su chal sintiéndose plenamente feliz. El frío empezó a calarle los huesos y entró rápidamente cerrando la puerta con suavidad.

Capítulo 22

El día amaneció luminoso y Elizabeth despertó con una desconcertante y desconocida felicidad. Se desperezó y se abrazó a la almohada colocándose de lado para ver la ventana. Las imágenes de la noche anterior pasaron ante sus ojos haciéndola estremecer y una sonrisa inquieta se dibujó en su rostro. Le iba a ser muy complicado disimular tanta alegría.

La primera en percatarse de su cambio de actitud fue Fanny, la criada de la señorita Winterman, cuando bajó a desayunar.

—Ya he visto que volvió usted sola —dijo Fanny mientras le servía el café en la taza—. ¿Por qué no se quedó también en casa de los Cook?

Elizabeth sonrió sin darse cuenta y la criada frunció el ceño sin comprender a qué venía aquella estúpida sonrisa.

—¿La señorita Winterman lo pasó bien? —siguió preguntando la criada mientras le servía el desayuno.

—Muy bien —respondió Elizabeth.

—¿Está bien? La noto rara...

Elizabeth trató de controlar su estado de ánimo y poner una cara que fuese lo bastante indiferente para convencer a la criada.

—He dormido muy poco y estoy muy cansada.

—Será eso.

Elizabeth se apresuró en terminar su desayuno, quería salir a pasear cuanto antes para poder exteriorizar su alegría sin testigos.

—¿Ya se marcha? —preguntó Fanny cuando la vio lista para salir.

—Sí, voy a ir al cementerio —dijo saliendo a la calle con ánimo festivo.

La criada la observó desde la puerta hasta que atravesó la cancela y después se encogió de hombros y volvió a sus tareas. Tenía demasiadas cosas que hacer como para perder el tiempo con tonterías que no le incumbían.

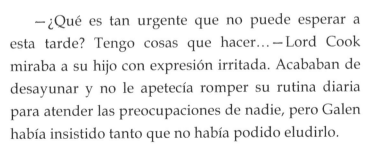

—¿Qué es tan urgente que no puede esperar a esta tarde? Tengo cosas que hacer...—Lord Cook miraba a su hijo con expresión irritada. Acababan de desayunar y no le apetecía romper su rutina diaria para atender las preocupaciones de nadie, pero Galen había insistido tanto que no había podido eludirlo.

Estaban en el despacho de Everald, de pie uno frente al otro.

—Voy a casarme. —Lo soltó sin más preámbulo y su expresión de felicidad era más que evidente.

—Muy bien, te felicito, hijo. ¿Quién es la afortunada?

—Elizabeth Downton.

—¿Qué?

—Ya sé que puede parecerle extraño, después de tantos años, pero sigo amándola y voy a pedirle que se case conmigo, hoy mismo.

—No harás semejante estupidez —dijo lord Cook, que había empezado a ponerse rojo.

Galen entrecerró los ojos.

—Padre...

—¡No te casarás con ella! —sentenció Everald con su potente voz.

Galen observó el aspecto de su padre: puños apretados, rostro rojo, mirada y lenguaje corporal agresivos. Entrecerró los ojos y lo miró con mayor atención.

—¿Usted tuvo algo que ver en nuestra anterior ruptura? —preguntó muy serio.

—¿Ya has olvidado que te dejó por tu hermano?

—Eso fue una falacia. No sé ni cómo me lo pude creer ni un segundo.

Su padre negó con la cabeza.

—No fue ninguna falacia, estuvieron juntos —insistió Everald tratando de calmar su furia—. No puedo permitir que cometas un error tan grande.

—Soy un hombre adulto, padre, no es una cuestión en la que deba opinar —dijo Galen mostrándose muy seguro.

Su padre apretó los labios para acallar las palabras que pugnaban por salir de su boca. Sabía que tenía razón, no tenía ningún poder sobre él.

—Tú sabrás lo que haces. Ya lo intentaste una vez y salió mal, espero que esta vez no te cause más dolor.

—No lo permitiré. —Galen hizo un gesto de respetuoso saludo y salió del despacho dejando a su padre en un mar de violenta preocupación.

—Yo sí que no lo permitiré —dijo mordiendo cada una de las palabras—. La hija de Malcolm Downton no será tu esposa jamás.

Se quedó unos segundos de pie en medio de la habitación en aquella pose tensa y estremecida. Después caminó despacio hasta la butaca situada frente al robusto escritorio de nogal en el que solía trabajar. El mismo escritorio tras el que se sentaba su padre. Los recuerdos son ladinos y aparecen sin avisar, sin dejar que nos preparemos para afrontarlos. Nos acometen cuando nos ven débiles, cuando saben que no vamos a poder defendernos contra ellos.

Arthur se paseaba por la fábrica observando con atención cada una de las máquinas. El algodón flotaba en el ambiente y lo hacía irrespirable si permanecías demasiado tiempo allí, pero aun así el hijo de lord Cook solía pasar todas las mañanas. Le avisaron de que tenía a su hermano esperándolo en el despacho y apresuró el paso con preocupación temiendo que hubiese ocurrido algo.

Cuando entró en la habitación se sorprendió al encontrar a un hombre sonriente y alegre que lo miró sin rencor por primera vez en años.

—¡Qué visita tan inesperada! —exclamó estrechándole la mano que le ofrecía—. Sentémonos. ¿Te apetece una copa de…?

—No quiero tomar nada, Arthur —lo cortó sentándose frente a él—. He venido para que hablemos como hermanos. Te voy a pedir de dejes a un lado cualquier indicación previa que recibieses de cualquier persona. Necesito que me digas la verdad de lo que ocurrió hace diez años.

Arthur estaba preparado para que esa situación se produjese alguna vez. Al principio la temió durante meses, incluso años, pero después la asumió como todos asumimos que un día tendremos que morir.

—Antes de que inicies un relato que los dos sabemos que es falso debes saber que voy a casarme con Elizabeth, pase lo que pase. No he dejado de amarla un solo día y sé, sin ningún género de dudas, que ella a mí tampoco.

Si esperaba ver algún gesto de sorpresa en Arthur el único sorprendido fue él, porque su hermano tan solo dibujó una ligera sonrisa, casi de alivio.

—Yo sí me tomaré una copa, si no te importa —dijo levantándose y yendo a servirse un whisky—. No suelo beber tan temprano, pero me parece que esta conversación lo requiere. ¿Estás seguro de que no quieres?

Galen negó con la cabeza y se sentó cómodamente dispuesto a escuchar lo que su hermano iba a contarle.

—Tú no la conociste. Se llamaba Anne Waddingham y era la institutriz de nuestra hermana —dijo Arthur volviendo a sentarse.

De repente los recuerdos arrollaron al futuro lord Cook. Anne era una joven poco agraciada físicamente, pero de una delicadeza hipnótica, que estuvo en la casa unos pocos años y que se encargaba de la educación de Katherine. Al principio discutían sin parar. A Arthur le irritaban su seguridad y su estricto código de valores. Pero luego fueron esos mismos valores y su capacidad para hacerlo reír los que acabaron por enamorarlo como a un crío.

Arthur suspiró. Fue un suspiro largo y triste cargado de mensajes. Galen vio cómo las nubes se apartaban para dejar paso a las montañas que ocultaban.

Galen frunció el ceño, desconcertado. No tenía ni idea de aquello.

—Lo cierto es que los dos nos enamoramos. — Bebió un trago de su bebida mirando a su hermano con alivio. Nunca había hablado de eso con nadie y resultaba mucho más reconfortante de lo que jamás imaginó—. Estaba dispuesto a todo por ella. Hablé con nuestro padre y le expuse la situación. Él actuó calmado, como siempre, me dejó hablar y dijo que lo pensaría pero que debía darle tiempo. Ella, por supuesto, debía marcharse de casa para no alimentar habladurías si finalmente nos casábamos... Debí darme cuenta, pero yo era inocente entonces. Y creía que mi padre me amaba.

Galen escuchaba con el vello erizado. Nunca imaginó que se sentiría tan cercano a Arthur.

—Nos puso una serie de condiciones. En primer lugar yo debía terminar mis estudios y ponerme al frente de las fábricas. Anne debía volver con su familia en Blindworth y esperar allí hasta que yo fuese a buscarla para casarnos. —Levantó el vaso y miró a su hermano con una cínica sonrisa—. Brindo por aquel estúpido muchacho.

—¿Qué pasó? —preguntó Galen ansioso.

—Pues, como comprenderás, padre no tenía la más mínima intención de consentir el matrimonio de su primogénito con una simple institutriz. Y yo, estúpido de mí, la puse a ella y a su familia a los pies de los caballos. Padre tejió una red alrededor de su familia hasta el punto de que cuando pasó el año de rigor estaban por completo en sus manos. Yo había cumplido con todo lo que me pidió, incluso respeté su deseo de que no nos viésemos. Aún recuerdo lo feliz que me sentí el día que creí el último antes de volver a verla. Por fin iba a casarme con la mujer a la que amaba…

Galen lo observaba sabiendo muy bien cómo se sintió entonces, pero también cómo se sentía ahora mismo en ese instante, sentado tras ese escritorio, siendo un hombre casado… e infeliz.

—Entonces padre me lo dijo todo, sin preámbulos ni prevenciones de ninguna clase. A bocajarro: «Jamás te casarás con esa mujerzuela porque ya está casada».

Galen empalideció, horrorizado, viendo en los ojos de su hermano el dolor que aún le producían aquellos hechos.

—La obligó a casarse con otro amenazándola con arrastrar a su familia por el fango. Le mostró lo sencillo que le resultaría quitarles lo poco que tenían y llevarlos a la miseria más absoluta. Le dijo que estaba en su mano privar a sus padres y hermanos de tanto sufrimiento. Lo único que debía hacer era casarse cuanto antes y no permitir que yo me acercase jamás a ella.

—Dios mío —susurró Galen.

Arthur apuró el líquido de su vaso y lo dejó de golpe sobre la mesa.

—Anne me lo contó todo. Cuando me presenté frente a la casa en la que vivía con su marido, me hizo entrar, me llevó hasta la cocina y me lo contó todo. Estaba embarazada. —El dolor salía a borbotones por todos sus poros—. Me dijo que era un buen hombre. Después me confesó que no había dejado de amarme, que jamás dejaría de amarme, pero que no podía edificar su felicidad sobre la desgracia de los suyos. No me ocultó nada, narró una tras otra todas las ignominias de nuestro padre. Me mostró su auténtico rostro porque no quería que siguiese viviendo en la oscuridad en la que vivía. «No quiero que vuelva a hacerte daño», me dijo. —Se miró la mano recordando cómo se la había estrechado mientras las lágrimas salían sin freno de sus dulces ojos—. Aun en su desgracia lo único que la atormentaba era mi infelicidad.

—Ahora entiendo…

—¿Por qué me convertí en un borracho? —Asintió Arthur—. Sí, hermano, fui tan cobarde que lo único que pude hacer fue ahogarme en alcohol creyendo que así lo castigaba. Su primogénito, el heredero de todas sus posesiones solo sería un maldito borracho. Pero entonces ocurrió aquello, escuché aquella conversación en su despacho. A tu Elizabeth plantándole cara.

El corazón de Galen se aceleró al escuchar su nombre.

—Ella, con su fortaleza, su seguridad y entrega total me mostró que destruyéndome a mí mismo no lo vencía a él. Si hubieses podido escuchar las cosas que le dijo a nuestro padre, estarías orgulloso de ella.

—¿Qué le dijo él para que me abandonara? —preguntó muy serio Galen, consciente de que las puertas del infierno se iban a abrir para él.

—Solo tratábamos de protegerte —dijo su hermano.

—Ahora ya sabes que no podíais.

Capítulo 23

La encontró arrodillada frente a la lápida de su hermano.

—No había tenido ocasión de presentarle mis respetos —dijo detrás de ella.

Elizabeth se incorporó sobresaltada al escuchar la voz de lord Cook.

—Siento haberla asustado, debí hacer ruido al acercarme. —Se inclinó para dejar el ramo de flores que llevaba en la mano—. Era un buen muchacho.

Elizabeth lo miraba atónita.

—Me ha dicho su criada que podría encontrarla aquí —explicó Everald—. Disculpe que la haya abordado tan intempestivamente, pero el asunto no podía esperar.

Se volvió centrando ahora toda su atención en ella.

—No voy a andarme por las ramas. Mi hijo ha hablado conmigo esta mañana y parece dispuesto a continuar con usted donde lo dejaron. Se me hace muy difícil creer que haya olvidado todo lo que le dije y también me parece muy poco probable que no le importe destrozar la vida de dos personas a las que me consta que aprecia.

Elizabeth estaba completamente pálida mientras escuchaba.

—No le habrá dicho...

—No, tranquila, aún no le he dicho nada —dijo estirando el brazo para ponerlo en su hombro. Elizabeth miró aquella mano como si le repugnara y lord Cook la apartó rápidamente—. He querido asegurarme de que usted sigue siendo una aliada antes de actuar. Ya veo que no tiene intención de aceptar su propuesta de matrimonio...

—¿Por qué? —Elizabeth lo miraba ahora con curiosidad—. ¿Por qué le parece tan horrible que se case conmigo? Él no necesita de su dinero, no heredará nada suyo. Tampoco hay ningún gran partido esperándolo que a usted lo beneficiase en algo. Además viviríamos en otro país... —Movió la cabeza negando pensativa—. No, esto no es por él. Es por mí.

Lord Cook se movió nervioso y su rostro se endureció dejando a un lado aquella falsa complicidad. Elizabeth comprendió enseguida que por fin se acercaba a la verdadera razón y buscó entre sus recuerdos alguna pista de hacia dónde debía encaminar sus pasos. Se apartó de la tumba de su hermano, le parecía obsceno estar hablando de aquello allí, junto a sus huesos. Everald Cook la siguió.

Elizabeth se detuvo mientras en su cabeza resonaban las palabras que le dijo aquel terrible día, diez años atrás.

«—Jenie Elzer fue la mujer a la que abandoné para casarme con Alma Winterman, porque eso es lo que hacen los hombres de mi posición: se casan con mujeres dignas de llevar su apellido. Y su madre no lo era».

—Usted me dijo algo sobre mi madre... —Lo miraba con atención, dispuesta a que no se le escapase ningún gesto o expresión.

Nada se movió en el rostro de lord Cook, pero había algo en su mirada...

—Mi padre me contó una vez, hace muchos años, que mi madre podría haberse casado con un hombre de mayor posición, pero que lo prefirió a él. No lo decía como una alabanza hacia ella, es cierto, siempre lo contaba con la intención de engrandecerse a sí mismo.

La mandíbula de Everald Cook se marcó bajo la piel y Elizabeth asintió lentamente.

—Usted quiso a mi madre —aseguró—. ¿Es por eso? ¿También me culpa de su muerte? ¿Va a castigar a su hijo por ello?

—Galen no es mi hijo —dijo entre dientes.

—¡Pero lo ha criado como si lo fuese! ¿Es que no tiene sentimientos?

—¿Qué sabrás tú de sentimientos? —dijo con una mirada de odio—. Tú no tienes sentimientos. Eres igual que ella.

Había tal violencia en sus gestos y en su voz que Elizabeth dio un paso atrás, asustada. Miró a su alrededor, pero estaban completamente solos. Everald se acercó y la agarró del brazo para evitar que se alejara corriendo.

—No dudaste ni un instante, en cuanto te amenacé lo abandonaste sin dudarlo —dijo con desprecio—. Podrías haber suplicado, podrías haberme amenazado, pero no, eres igual que ella, no tienes sentimientos.

—Eso no es cierto…

—¡Sí lo es! —gritó al tiempo que la sacudía con violencia—. Eres igual que ella, sus mismos labios, sus mismos rizos y esos ojos verdes…

De repente Elizabeth se vio rodeada por sus brazos y vio que se acercaba para besarla. Trató de zafarse de él, pero era muy fuerte y apenas conseguía moverse. Una de sus manos la agarró con fuerza del pelo y ya no pudo evitar el contacto de su boca. Cuando notó la lengua abriéndoselo paso sintió náuseas. Él se apretaba contra su cuerpo y no tardó en notar la erección con la que la amenazaba.

Elizabeth puso sus manos en el pecho masculino y empujó con todas sus fuerzas, pero no conseguía apartarlo. Finalmente optó por ser más agresiva y le mordió.

—¡Aggg! —gritó él apartándose y le propinó una violenta bofetada que la tiró al suelo—. ¡Zorra!

Elizabeth escupió la sangre que se había quedado en su boca y contuvo las arcadas sujetándose el estómago.

—Si no deja en paz a Galen le contaré a todo el mundo lo que ha pasado aquí —lo amenazó.

Everald Cook se echó a reír a carcajadas alejándose unos cuantos pasos y deambulando hacia uno y otro lado.

—¿A todo el mundo? ¿Quién iba a creerte? ¡Soy un hombre respetable y poderoso! ¿Qué eres tú? Una pobre solterona a la que ningún hombre ha querido. Una mujer que se seca lentamente, como una flor marchita. ¿O no eres virgen? —Se detuvo para mirarla con curiosidad—. ¿Ya has dejado que Galen te disfrute?

Elizabeth se puso de pie y sacudió su vestido tratando de mostrarse digna frente a aquel canalla.

—Es usted un hombre despreciable...

Everald seguía riéndose de ella y eso la animó a hablar.

—Ahora entiendo por qué mi madre lo rechazó, por qué prefirió a un hombre como mi padre antes que a alguien con tanta influencia. Es usted un pobre hombre —dijo con indiferencia—, ninguna mujer podría sentirse atraída por alguien así. Carece de ningún atractivo ni valor. Compadezco a su mujer teniendo que aceptarlo en su cama, estoy segura de que ni una sola vez fue capaz de abrir los ojos.

Everald estaba lívido y dio un paso hacia ella con la mano levantada. Elizabeth lo amenazó con una piedra que tenía en la mano y que había cogido cuando la tiró al suelo.

—Si se acerca más le abro la cabeza —amenazó—. Y le aseguro que soy muy buena lanzadora.

Lord Cook se detuvo mirándola perplejo. La mirada de Elizabeth era de una resolución aplastante.

—Márchese de aquí —le ordenó ella—. No vuelva a acercarse a mí jamás.

—Nunca lo tendrás —dijo él mirándola con odio—. No lo permitiré.

Elizabeth permaneció mucho tiempo en aquel mismo lugar después de que lord Cook se marchara. De pie con la piedra en la mano y apretándola tan fuerte que acabó por hacerse sangre.

Capítulo 24

Galen encontró a su tía en el pequeño saloncito de mañana. Estaba leyendo cómodamente sentada en una butaca junto a uno de los ventanales. Hacía un día soleado y apetecía disfrutarlo.

—¡Galen! —exclamó al verlo, al tiempo que le hacía gestos para que se acercara—. Ven, siéntate. Acaban de traerme té y unos bizcochitos. Los compartiremos, a mí no me convienen.

Galen se sentó en el sofá donde Sophie le había indicado y ella ocupó un lugar a su lado. Tardó unos segundos en darse cuenta de que el joven la miraba de un modo extraño, como si estuviese leyendo cada una de sus facciones.

—No me había dado cuenta de lo mucho que nos parecemos —dijo él.

—Anda, pues claro que nos parecemos —dijo ella sonriendo—, eres mi sobrino…

Galen seguía muy serio y, cuando sus ojos captaron la mirada de la mujer, Sophie sintió que se le paraba el corazón.

—Lo sé —dijo Galen.

Nada más, solo aquellas dos palabras y el mundo se dio la vuelta poniéndolo todo patas arriba.

—¿Qué sabes?

Galen suspiró y trató de sonreír sin éxito.

—Que el tío Alfred y usted son mis verdaderos padres —respondió.

Sophie se llevó las manos a la boca sin emitir el más mínimo sonido.

—Me han contado la historia de cómo se enamoraron y que el abuelo no dejó que se casaran. También sé que mis padres decidieron ayudarla y fingieron que yo era hijo de mi... de Alma.

Sophie asintió lentamente.

—No deberías haberlo sabido nunca —susurró apenada—. ¿Por qué...?

—Se equivoca —dijo Galen moviendo la cabeza con expresión de profunda tristeza—. No sabe lo que hubiese deseado saberlo antes. Poder decirle a mi tío que me sentía honrado de que fuera mi padre.

—Él no lo sabía —dijo Sophie emocionándose—. Nunca lo supo.

—Yo creo que sí lo sabía. Creo que por eso le dijo a mi padre que me quería a mí. Siempre pensé que me eligió porque era el pequeño, pero ahora creo que lo supo al verme.

Sophie sonrió a pesar de la tristeza que la embargaba.

—Hice lo mejor para ti —dijo cogiéndole la mano con ternura—, pero quiero que sepas que no me resultó nada fácil.

Galen asintió agradecido porque lo hubiese dicho.

—Tu... padre, se marchó sin decir adónde. No se puso en contacto con nadie durante años. Cuando supe de él tú ya eras un muchacho y creías que eras hijo de...

—No tiene que darme explicaciones —la cortó—. Sé lo que es que te pongan entre la espada y la pared.

—Pero ahora que lo sabes, debo contarte la historia, porque tú formas parte de ella y mereces saberlo. —Sophie le acariciaba la mano con suavidad, mientras buscaba unas palabras que había guardado en un lugar muy recóndito de su mente—. Tu padre y yo nos amamos profundamente. Hubiera dado mi vida por él y sé que él habría hecho lo mismo por mí. No imaginábamos lo imposible que era nuestro amor. Era un segundo hijo, los segundos hijos suelen tener más libertad que los primeros.

Galen sonrió con tristeza.

—Pues no hablemos de los terceros...

Su madre sonrió también y dio unos golpecitos en su mano antes de continuar hablando.

—Al principio lo guardamos en secreto, no porque pensáramos que hacíamos algo malo, sino porque queríamos vivirlo sin interferencias y porque yo era muy concienzuda y quería estar segura de mis sentimientos. Yo era mayor que él, ya lo sabes, pero eso nunca nos importó a ninguno de los dos. —Hizo una pausa, soltó su mano para servir el té y puso un pedacito de bizcocho en sendos platitos, aunque después lo dejó todo en la mesa y ninguno tocó nada—. Cuando se lo dije a mis padres se mostraron tan conformes que pensé que no podía ser más feliz. Pero tu abuelo paterno no sintió lo mismo. Se puso en contra desde el primer momento y como no pudo quitarle la idea de la cabeza a su hijo, decidió atacar a la otra parte…

—Lo sé —dijo Galen—, tenía algo contra el abuelo y amenazó con llevarlo a la cárcel.

—¿Quién te lo ha contado?

—Arthur.

—Pobre muchacho —dijo Sophie moviendo la cabeza—. Él sabe bien lo que es eso, a él le hicieron lo mismo. He de decir que Everald es digno hijo de su padre.

—Lo es. A mí también me lo hizo.

Sophie empalideció.

—¡Lo sabía! —exclamó—. Sabía que algo pasó hace diez años. Es Elizabeth, ¿verdad?

Galen sonrió.

—Sí, es ella. Quisimos casarnos entonces…

—¿Y Everald lo impidió? ¡Maldito sea! —Sophie se sintió furiosa contra su cuñado—. ¿Qué hizo? ¿Qué tenía contra vosotros?

Galen no respondió y poco a poco su madre comprendió.

—Dios mío…

—No es culpa suya, usted no sabía que él lo utilizaría para separarnos.

Sophie se tapó la cara y rompió a llorar. Galen la abrazó sintiendo una ternura extraña y conmovedora. Saber que aquella a la que había considerado su tía era en realidad su madre no había sido una desilusión sino todo lo contrario. No es que tuviese una relación demasiado estrecha con ella, pero sí que podía asegurar que siempre se sintió cómodo con ella. Algo que no le ocurría con la que había creído durante años que era su propia madre.

La separó despacio y le quitó las manos de la cara. Necesitaba mirarla a los ojos cuando le dijese lo que había ido a decir.

—Quería decirle que no permitiré que vuelvan a separarme de Elizabeth —dijo muy serio—. Estoy dispuesto a enfrentarme a mi… tío, con todas las consecuencias. No me importa con qué me amenace, pero sé que si hace pública mi verdadera identidad eso afectará a su reputación y necesito que me entienda.

—¿Estás seguro? Tu padre puede ser un enemigo demasiado poderoso.

—No es mi padre —dijo rotundo, irguiendo la espalda—. Y no hay nada que pueda hacerme que me importe lo más mínimo.

—¿Has hablado con Elizabeth?

—Elizabeth me ama como yo la amo a ella. Trataba de protegerme. Y a usted. Le haremos saber que ya no necesita hacerlo.

Miraba a su madre con fijeza, esperando una respuesta por su parte. Sophie sonrió, admirada y orgullosa de ver la persona en la que su hijo se había convertido. Asintió muy despacio.

—Adelante, hijo, rompe con esta maldición que ha traído tanto sufrimiento a tanta gente.

Galen sonrió satisfecho. Ya podía disfrutar de saber quiénes eran sus verdaderos padres.

—El té se habrá enfriado —dijo Sophie limpiándose las lágrimas con un pañuelo y cogiendo una taza para dársela a su hijo—. Pero no importa, tenemos bizcochitos. Ahora quiero que me hables de tu padre. Cuéntame cómo fue vivir con él todos esos años.

Capítulo 25

Elizabeth estaba sentada junto a lo que una vez fue una ventana y contemplaba el desolado jardín que acompañaba a su ánimo. Covent House seguía siendo su lugar favorito, tal y como estaba, con los huecos desnudos de las ventanas, las paredes derruidas y el cielo colándose por el vacío que habían dejado los techos al caer. La masa verde de los árboles del cercano bosque se movía mecida por el viento, que a esa hora de la tarde amenazaba lluvia.

No sabía si Sophie ya había regresado a casa. De haberlo hecho estaría preocupada por ella. No podía ni quería pensar en nadie, por una vez en su vida quiso desentenderse de todo y de todos. Tan solo quería soledad. Pero no una soledad triste y melancólica. Una soledad que la liberase de toda compañía.

Se levantó y caminó, acompañada por el piar de los pájaros que eran ahora los únicos habitantes de la casa, mientras escuchaba el sonido de sus pasos sobre la piedra desnuda.

Si solo tenemos una vida para vivir la suya había sido un constante aprendizaje de la pérdida. Quizá tuviese algo que ver el hecho de que con su llegada al mundo su madre tuviese que abandonarlo. Eso debe marcar el destino de una niña. Acarició la pared arrastrando la mano por ella al pasar. ¿Qué habría pensado su madre de ella? ¿Se parecía en algo Elizabeth Downton a Jenie Elzer?

Entró en la que había sido la habitación de los Bentham, imaginó donde estuvo la cama y dónde el espejo en el que la señora Bentham se miraba todas las mañanas. ¿Qué le pasaría a aquella familia que desapareció tan misteriosamente?

Sonrió perversa. ¿Qué dirían de ella si desaparecía sin dejar rastro? ¿Qué clase de historias se contarían sobre su vida? ¿A quién dirían que había amado? De pronto le vino a la memoria el doctor White. Era un hombre sumamente atractivo y muy inteligente. ¿Por qué no pudo enamorarse de él? Hubiera sido todo tan fácil para ella…

Salió de la habitación y bajó las escaleras con cuidado. Cualquier día se derrumbarían y ya no podría volver a subir. Suspiró. Pensar en Henry White le hizo recordar a Dexter en sus últimos días. ¿Por qué tuvo que abandonarla también?

Estaba allí para coger fuerzas. Después de hablar con lord Cook comprendió que no había ningún modo de hacerlo cambiar de opinión. Jamás dejaría que Galen y ella estuviesen juntos. No porque tuviera planes para él, ahora sabía que no era eso. Era pura y llanamente una cuestión de odio. Un odio, visceral y reseco, que se le había quedado pegado al corazón hasta dejarlo inservible.

Atravesó lo que una vez fue el hall. Imaginó al mayordomo entregándole su chaqueta y su sombrero y acompañándola hasta la puerta.

—Gracias, Perkins —dijo en voz alta y saludó con un gesto antes de salir de la casa.

Cuando estuvo fuera se detuvo sorprendida. Galen la esperaba a los pies de la escalinata que había sido casi completamente poseída por los hierbajos que se habían colado entre las grietas.

—Sabía que estarías aquí —dijo muy serio—. Fanny está muy preocupada.

Elizabeth lo miró desconcertada. Estaba distinto y solo hacía unas horas que se habían visto por última vez. A su mente vinieron imágenes de la noche anterior en su cama. De sus manos recorriéndola. De su boca conquistando lugares prohibidos...

Galen le tendió la mano para que ella se agarrase y Elizabeth bajó los escalones que los separaban, pero no aceptó el ofrecimiento. Pasó junto a él y siguió caminando.

—Lo sé todo —dijo él sin esperar.

Elizabeth se detuvo en seco, pero no se volvió.

—Sé quiénes eran mis verdaderos padres y sé que esa es la espada que mi... que lord Cook enarboló contra ti para que me abandonaras.

Ella se volvió muy despacio mirándolo con preocupación y Galen sonrió con ternura.

—Ahí está esa mirada otra vez —dijo—. Después de todo sigues preocupándote por mí.

Caminó hasta ella y acarició su rostro con el dorso de la mano.

—Ya no tienes nada que temer. No hay nada que pueda separarnos.

—Tu padre no cederá nunca, Galen, lo sé muy bien.

—No es mi padre —dijo él muy serio—, y no me importa lo que haga o diga.

—Pero tu madre...

—Mi madre está de acuerdo conmigo.

—¿Has hablado con Sophie?

Galen asintió con la cabeza.

—¿Quién te lo ha dicho? —preguntó con curiosidad.

—Arthur —respondió él—. Hoy por fin he conocido a mi hermano.

—¿Te ha hablado de Anne?

Galen asintió de nuevo.

—Se acabó —dijo sonriendo sin poder disimular lo feliz que se sentía—. El poder de mi padre sobre todos nosotros se ha terminado.

—No sabes lo que dices —negó Elizabeth con la cabeza—, tu padre me odia y jamás permitirá que nos casemos.

—¿Lo dices por lo de tu madre?

—¿Sabías lo de mi madre?

—Me lo contó mi tía... Mi madre, quiero decir. Me va a resultar difícil acostumbrarme.

Elizabeth seguía distante, era como si temiese dejarse llevar por sus palabras para luego tener que afrontar que no podían estar juntos.

—¿Vas a torturarme mucho rato? —preguntó Galen con cara de niño—. Desde anoche no puedo dejar de pensar en abrazarte y besarte y te tengo aquí delante y no me dejas ni que te toque.

—Tu padre es muy poderoso...

—No es mi padre —repitió paciente—. No va a hacer nada. He hablado con él y con Alma, les he aclarado la situación y todo se ha terminado. Créeme, Elizabeth, vas a ser mi esposa y nadie va a interponerse.

—¿Has hablado con ellos? ¿Y qué les has dicho para que nos dejen casarnos?

Galen sonrió y movió la cabeza.

—La verdad. Que ellos son los únicos que tienen algo que perder si lo hacen público. Nosotros nos casaremos y nos iremos a vivir a Nueva York, que es donde está mi casa y mi vida. Tú dijiste que no había nada aquí para ti.

Elizabeth asintió lentamente.

—Les dije que si querían hacerlo público que nos daba igual, que lo hicieran. Me amenazó con el daño que eso provocaría en mi madre y le dije que hiciera lo que le diese la gana porque se venía con nosotros a América.

Elizabeth se tapó la boca con la mano ahogando una exclamación.

—¿Sophie vendrá a Nueva York con nosotros? —preguntó después de unos segundos.

Él asintió y Elizabeth se lanzó a su cuello abrazándolo con fuerza. Galen se echó a reír a carcajadas.

—¡Por fin! —exclamó levantándola del suelo y dando vueltas con ella.

Después la depositó en el suelo con delicadeza y sus ojos se perdieron en el verde cristalino con el que había soñado durante años. Lentamente inclinó la cabeza y posó sus labios con dulzura sobre la boca de Elizabeth, que recibió el beso con sublime emoción. Ella se estrechó contra él como si su cuerpo no pudiese encontrar mejor refugio y Galen la besó con mayor intensidad sin poder borrar las imágenes de la noche anterior y sintiendo en las entrañas un hambre insaciable.

Se separó de ella jadeante y Elizabeth le acarició el rostro tratando de calmarlo mientras sus ojos le hacían toda clase de promesas.

—Tranquilo, amor mío —susurró con la suavidad de la seda—. Seré tuya todas las noches, para siempre. En lo bueno y en lo malo, contra las fuerzas de la naturaleza, pero ahora solo abrázame, Galen, abrázame y dime que nunca vas a abandonarme.

—Te amo, Elizabeth —dijo abrazándola y acariciándole el cabello con ternura—, te prometo que te despertarás todas las mañanas con mi más absoluta devoción. Sé que si estoy vivo es para amarte y a eso dedicaré el resto de mi vida.

Elizabeth no pudo resistirse y buscó su boca para acallarlo, exigente y posesiva, mientras Galen emitía un dulce gemido de placer.

Epílogo

La estatua de la libertad se elevaba majestuosa para darles la bienvenida. Elizabeth, la observaba desde el barco, estremecida por un sinfín de emociones. Bajó la mirada hasta el anillo que adornaba su dedo. Ya era la señora de Galen Cook. A la ceremonia acudieron un puñado de personas, algunas de las cuales sorprendieron a Elizabeth con su presencia. Como Belinda Havern o Lesa Uhland.

Armond la llevó al altar, después de excusar a su esposa, que había caído enferma de manera repentina. Armond la sorprendió, después de tomarse unas cuantas copas de más, hablándole de lo desgraciado que era y lo mal que se sentía por haberla abandonado. Elizabeth le dijo que todas las cosas ocurren por algo y que ella era inmensamente feliz, así que no debía preocuparse por el pasado.

Los Cook asistieron a la ceremonia para acallar posibles habladurías, pero su hijo no cruzó una sola palabra con ellos. Elizabeth, por el contrario, los trató con educación y respeto agradecida porque hubiesen cuidado de Galen mientras lo hicieron.

Arthur Cook no apareció. Después de la charla con su hermano desapareció de Lakeshire y nadie volvió a verlo. Su esposa recibió una carta suya, pero no quiso comentar su contenido con nadie. Lo único que le dijo a su hermano pequeño cuando la visitó para interesarse por ella fue que se alegraba de no haber tenido hijos.

Galen no parecía preocupado por la desaparición de su hermano y Elizabeth creía que era porque sospechaba que el motivo era Anne Waddingham, de la que se habían enterado que había enviudado un año antes.

—¿En qué piensas? —preguntó Galen abrazándola por la espalda.

Elizabeth sonrió.

—Una mujer que ilumina el mundo —dijo sin quitar la vista de la estatua.

—¿No es eso lo que hacemos las mujeres?

Los recién casados se volvieron hacia Sophie, que les guiñó un ojo satisfecha y después siguió caminando por la cubierta como si viajar en barco fuese algo que hubiese hecho toda la vida.

Elizabeth sonrió mientras Galen se inclinaba para besarla.